Gerda Gottschalk

Der letzte Weg

Gerda Gottschalk

Der letzte Weg

Südverlag

CIP-Titelaufnahme der Deutschen Bibliothek

Gottschalk, Gerda:
Der letzte Weg/Gerda Gottschalk. – Konstanz: Südverl., 1991
ISBN 3-87800-010-3

ISBN 3-87800-010-3

© Südverlag, Konstanz 1991

Gesamtherstellung:
Druck: Maus-Offsetdruck, Konstanz
Einbandgestaltung: Riester & Sieber, Konstanz
Papier: chlorfrei gebleicht, ohne optische Aufheller

Vorwort

Ostern 1936 suchte ich als Kaplan im 1930 gegründeten Leipziger Oratorium und als neugewählter geistlicher Leiter und Chefredakteur der Zeitschrift eines katholischen deutschen Studentenbundes eine Sekretärin. Da tauchte am 10. Mai 1936 in unserem Hause, in dem wir damals zu acht Weltpriestern aus verschiedenen deutschen Diözesen zusammenlebten und arbeiteten, eine sehr begabte, junge Schauspielerin auf, die als »Halbjüdin« in ihrem Beruf keine Möglichkeiten sah. Freundinnen einer katholischen Schülerinnengruppe hatten sie in unser Haus eingeführt. Da sie Stenographie und Schreibmaschine beherrschte, wurde sie meine Mitarbeiterin.

Gerda fühlte sich in unserem Hause wohl. Auf dem Wege eigener Wahrheitssuche ließ sie sich Ostern 1937 von Theo Gunkel, dem Superior und Pfarrer der Liebfrauengemeinde in Leipzig-Lindenau, die Erwachsenentaufe spenden. Sie setzte ihre Arbeit als meine Sekretärin fort, als unser Bund um Pfingsten 1939 aufgelöst und die Zeitschrift verboten wurde.

Ende Oktober 1941, als an Leipzigs Juden der Erlaß zum Tragen des gelben Flecks mit der Aufschrift »Jude« ergangen war, dem Gerda und ihre ältere Schwester Helga jedoch nicht Folge leisteten, da sie ja sogenannte »Mischlinge 1. Grades« waren, wurden beide auf die Gestapo bestellt und verhaftet. Ihr Aufenthaltsort blieb mir zunächst verborgen, bis ich im Dezember erfuhr, daß sie aus dem Polizeigefängnis in das »Arbeitshaus« in der Riebeckstraße Leipzig-Reudnitz verlegt worden waren.

Mich besuchte damals oft eine katholische Polizistin, ratsuchend, die gegen ihren Willen in die SS-Polizei eingegliedert worden war. Ihr erzählte ich vom Schicksal meiner Sekretärin. Da erklärte sie sich bereit, in Uniform in das Arbeitshaus zu gehen und zu fordern, Gerda allein sprechen zu können. Ich gab ihr einen Brief für sie mit. Es ging auf Weihnachten zu. Als kostbare Gabe fügte ich mit Wissen der Überbringerin eine Hostie für die heilige Kommunion hinzu. So feierten die beiden heimlich im voraus Weihnachten in dem verruchten Leipziger Haus.

Wir erfuhren noch Ende Januar, daß mit vielen anderen Juden eine uns nahestehende, sehr feine ältere Konvertitin, Frau Dora Hansen, den ersten Transport in das Rigaer Ghetto mit hatte antreten müssen. Von Ende Januar 1942 bis zum Herbst 1944 waren die Abgeschobenen für uns verschollen.

Im September 1944 befand ich mich am Ende einer Vortrags- und Ferienreise zu einem Besuch bei meinen aus dem Rheinland evakuierten Verwandten am österreichischen Attersee. Dort erhielt ich einen Brief von Gerda Gottschalk unter dem Absender einer Adresse aus Steegen. Steegen liegt vier Kilometer vom Lager Stutthof enfernt. Der Brief war lange unterwegs gewesen, zweimal war er mir nachgesandt worden: Die Absenderin war die im nachfolgenden Bericht genannte »Hulda«, Gehilfin auf dem Gutshof der Familie Gustav und Klara Gerbrandt, bei der Gerda mit zwei Mitgefangenen, Ellen und Ida, im Landeinsatz war. Gerda schrieb: »Ich bin nicht mehr im großen Gartenbau, sondern hier bei einem Bauern in Arbeit. Ich möchte nicht mehr in den Gartenbau zurück. Haben Sie eine Möglichkeit, mich vor dem 15. November anderswo unterzubringen?«

Ich fuhr nach Leipzig zurück, hatte mir von meiner Reise eine ziemlich schwere Kolikerkrankung mitgebracht. Ich wandte mich an einen Freund im Ermland mit der Bitte um Hilfe, erhielt aber keine Antwort. Gleichzeitig hatte ich an die von Gerda angegebene Adresse kurz geschrieben. Dann fragte ich in meiner Leipziger Studentengemeinde und erfuhr von einem amputierten Soldaten, der bei uns studierte, die Adresse einer Familie Pfürtner in Danzig-Langfuhr, mit deren ältester Tochter er freundschaftlich verbunden war. Der Name des Studenten war Karl Mittnacht. Durch ihn konnte ich an die Familie Pfürtner in Langfuhr schreiben. Der Brief kam dort an, als gerade der zweite Sohn der Familie, Hubert Pfürtner, auf Urlaub zu Hause war. Sogleich begann dieser sein Rettungswerk. Doch davon berichten Gerda Gottschalk und Hubert Pfürtner selbst.

Um den 10. Dezember 1944 schickte mir der katholische Pfarrer von Danzig-Langfuhr eine dringende Einladung zu einem Vortrag in seinem Akademikerkreis mit der Bemerkung, daß ich eine frohe Überraschung erleben würde. Ich erhielt, was damals schon schwierig war, eine Fahrkarte und sah so nach mehr als drei Jahren meine gerettete Sekretärin glücklich und dankbar im Hause der mutigen Familie Pfürtner wieder. Sie übergab mir bei der Gelegenheit mit Stecknadeln aneinandergeheftete Seiten des handschriftlichen Tagebuchs von Dora Hansen, das sie in ihrem Stiefel mit durchgebracht hatte. Gerda erinnerte sich auch an den Besuch der SS-Polizistin im Leipziger Arbeitshaus, der ihr großen Trost gebracht hatte.

Vom Tagebuch Dora Hansens konnte ich in der Weihnachtsnummer des ersten Jahrgangs des 1951 gegründeten katholischen Kirchenblattes »Tag des Herrn« kurz berichten und Gerda Gottschalks Aufzeichnungen gekürzt in den Jahren 1962 und 1963 in unseren »Haus- und Jahrbüchern« im damals gerade »genehmigten« St. Benno-Verlag veröffentlichen. Im vorliegenden Buch erscheint die vollständige Fassung der Autorin. Sie ist fast das einzige authentische Zeugnis vom Schicksal der Leipziger Juden in den Jahren 1941 bis 1945.

Durch eine Veröffentlichung in der »Kölner Rundschau« vom 5. August 1989 erfuhren wir, daß die Gutsherrin Klara mit ihrem Mann Gustav Gerbrandt in Steegen todesmutig Ende Januar 1945 noch andere Jüdinnen aus dem Stutthofer Lager vor dem Zugriff der SS-Häscher gerettet hat. Gerbrandts leben nicht mehr, doch ihre Taten sind unvergessen. In der Jerusalemer Gedenkstätte von Yad Vaschem wurde zu ihren Ehren ein immergrüner Brotbaum gepflanzt.

Dr. Josef Gülden

Sage nie: »Ich geh' den letzten Weg...«

Der Lärm der Trommeln des 30. Januar 1933 drang in das Haus, in dem meine Eltern mit ihren fünf Kindern frei und glücklich ein sorgenloses Leben führten. Er beendete den Abschnitt meiner Kindheit.

Als führender Kopf einer sozialistischen Studentengruppe wurde mein einziger Bruder noch im Frühjahr verhaftet. Morgens um 5 Uhr drangen zwei Männer der Geheimen Staatspolizei bei uns ein, durchsuchten die ganze Wohnung und führten meinen Bruder ab. Eine Woche später konnte ich ihn im Polizeipräsidium Leipzig wenige Minuten sprechen. Er war ruhig und gefaßt, ein Jüngling von 23 Jahren, Student der Rechte. Es war das letzte Mal, daß ich ihn sah. Er wurde zu zweieinhalb Jahren Zuchthaus verurteilt, die er in Zwickau absaß. Anschließend wurde er nach Sachsenburg verschleppt, ein halbes Jahr später nach Dachau. Der Inhalt seiner Briefe war stets der gleiche, sie enthielten 25 Worte: »Es geht mir gut, ich habe Eure Briefe vom... erhalten...« Im Oktober 1937, als er schon viereinhalb Jahre lang gefangen war, bekamen meine Eltern aus München ein Telegramm mit der Nachricht seines Todes.

Meine älteste Schwester Gaby war 1936 auf legale Weise über Holland in die USA ausgewandert, wohin ihr Verlobter ihr zwei Jahre später folgte. In Deutschland hätte der »Arier« die »Halbarierin« nicht heiraten dürfen. Als meine Mutter den Inhalt der Nürnberger Gesetze kennenlernte, brach sie in Tränen aus und sagte:»Nun verliere ich alle meine Kinder.«

Auch die materiellen Beschränkungen wirkten sich aus. Längst waren wir aus der schönen Sechszimmer-Wohnung in Gohlis am Schillerhain ausgezogen, der Schrebergarten war annektiert worden, unsere treue Frida, die acht Jahre lang unseren Haushalt besorgt hatte, mußten meine Eltern aus finanziellen Gründen entlassen. Mein Vater hatte gleich nach der Machtübernahme der Nazis sein Notariat verloren und war mit zwei anderen jüdischen Rechtsanwälten zum Konsulenten degradiert worden, während die übrigen jüdischen Anwälte ihre Tätigkeit überhaupt nicht mehr ausüben durften. Mein Vater mußte auch seinen Angestellten kündigen, seine Einnahmen waren gleich Null, denn die Vertretung jüdischer Klientel war nur eine Formsache, Prozesse konnten kaum noch riskiert werden.

Meine Eltern trugen alle Schicksalsschläge mit Geduld, da sie zunächst hofften, das auf 1000 Jahre geplante Reich würde in Kürze wie ein Kartenhaus in sich zusammenfallen. Mein Vater war 66 Jahre alt, sein Leben lang hatte er sich für das deutsche Recht engagiert. Er nahm das Treiben der braunen Horden fast verwundert wahr und konnte nicht glauben, daß er, der niemandem etwas zuleide getan hatte und auch niemandem Böses nur wünschte, in Deutschland zu Schaden kommen könnte. Er wurde ein Jahr nach der Kristallnacht im Oktober 1939 plötzlich verhaftet. Sechs Wochen später ließ man ihn frei, ohne eine Vernehmung vorgenommen zu haben. Abgemagert bis zum Skelett, aber frohen Mutes, stand er eines Tages vor unserer Wohnungstür. Von da an war er immer hungrig. Die Rationen der Lebensmittelkarte reichten für meinen Vater, der ein großer stattlicher Mann war, nicht aus. Doch er aß fröhlich — obwohl er sein Leben lang an gut gedeckten Tischen gesessen hatte — morgens Mehlsuppe und trockene Brötchen.

*

Bald mußten wir wieder umziehen, in ein »jüdisches Haus« in der Humboldtstraße 21. Im zweiten Kriegsjahr wurden die SS-Leute mutiger. Bei einer erneuten Haussuchung ließen sie alles Bargeld meiner Mutter mitgehen und schlugen ihren Schreibtisch kurz und klein. Meinen Vater holten sie wieder ab, trieben ihn mit vielen anderen an das Ufer der Parthe, einem schmalen Flüßchen an der Pfaffendorfer Straße am Zoologischen Garten. Mit Stöcken wurden die Juden gezwungen, über die Parthe zu springen, und die Treiber ergötzten sich, wenn bei dem Hin und Her einer ins Wasser fiel. Ein ehemaliger Klient führte meinen Vater in einem günstigen, unbeaufsichtigten Moment fort und versteckte ihn den Tag über in seiner Wohnung.

Die Kennkarten, die wir erhielten, waren mit einem »J« gestempelt und mit dem zusätzlichen Namen »Israel« oder »Sara« versehen. Im September 1941 kam der Erlaß, daß die Juden den gelben Stern aus Stoff mit der Aufschrift »Jude« an die Kleider geheftet zu tragen hätten. Einige Wochen nach dieser Anordnung erschienen in den jüdischen Häusern Gestapomänner, um zu kontrollieren, ob dieser auch Folge geleistet worden war.

Meine Schwester Helga hatte nach Beendigung der

Schule schneidern gelernt. Ich war bei katholischen Geistlichen als Sekretärin tätig und lebte durch diese Arbeit im Kreise hochgesinnter edler Menschen. Ihr Haus wurde mir Heimat und zweites Vaterhaus.

Dankbar empfanden wir, daß unsere »arischen« Freunde in diesen Jahren nicht von uns abrückten, sondern mit Rat und Tat und wahrer Freundesliebe uns beistanden.

Ich litt darunter, daß ich keinen meinen Fähigkeiten entsprechenden Beruf ergreifen konnte. Ich wollte gern Schauspielerin werden. Bei einem ehemaligen Regisseur und Dramaturgen am Alten Theater in Leipzig, Herrn Paul Prina, nahm ich heimlich Unterricht. In seinem schmalen dunklen Arbeitszimmer in der Lößnigerstraße, in dem ich ihn in den Abendstunden nach meiner täglichen Arbeit aufsuchte, war ich Julia, Hero, Jeanne d'Arc. Manchen Abend saß ich zitternd im 3. Rang des Alten Theaters und verfolgte das Spiel auf der Bühne. Ich brannte darauf, selbst dort zu stehen. Die Eignungsprüfung hatte ich bestanden – Intendant Sierck hatte sie mir zuerkannt als einzigem Mädchen unter vielen Bewerberinnen –, die schriftliche Anerkennung, von Philipp Mößner mit »Heil Hitler« unterschrieben, besitze ich noch, aber genützt hat sie mir nichts. Denn Emmy Sonnemann, an die ich mich gewandt hatte, um in die Reichskulturkammer aufgenommen zu werden, hatte abgelehnt. Alles, was ich an Musik, Poesie, Lebensgefühl mit dem Klang meiner Stimme, der Kraft meiner Gebärde gestalten wollte, mußte ich in mich hineinschlucken...

*

Als die Stern-Kontrolle der Gestapoleute in unserer Wohnung stattfand, wurden Helga und ich aufgeschrieben: Wir hatten keine Sterne an unseren Kleidern, da wir »Mischlinge« nach dem Gesetz waren.

Zwei Tage später erhielten wir telefonisch an unseren Arbeitsplätzen die Aufforderung, am selben Nachmittag in das Quartier der Geheimen Staatspolizei in der Hindenburgstraße zu kommen, Helga eine Stunde später als ich.

Helga und ich wußten sofort, was uns bevorstand. Wir nahmen Abschied von unseren Eltern und nächsten Freunden, die das, was uns beiden vor Augen stand, nicht wahrhaben wollten; wir steckten eine Zahnbürste, Seife, Handtuch ein und gingen zusammen in die Hindenburgstraße. Helga mußte im Vorzimmer warten, während Inspektor Z. ein langes Verhör mit mir vornahm, das protokolliert wurde. Zum Schluß mußte ich das Protokoll unterschreiben und war gleich darauf verhaftet »zum Schutze für Volk und Staat«. Inspektor Z. fragte mich, ob ich zu Fuß oder per Straßenbahn das Polizeigefängnis in der Wächterstraße erreichen wollte, in seiner Begleitung natürlich. Zu Fuß ging ich noch einmal durch den Johannapark an den beiden Teichen vorbei, auf denen ich im Winter immer Schlittschuh gelaufen war. Als dann die Tür der dunklen Zelle schwer hinter mir ins Schloß fiel, wußte ich, daß ich nun das Schicksal all derer teilen würde, von denen die Menschen im freien Leben nur zu flüstern wagten. Das Bewußtsein, gefangen und ausgeliefert zu sein, kam ganz schnell, war weder entsetzlich noch beunruhigend. Meine Verhaftung erschien mir als unabwendbare Folge der vergangenen acht

Jahre, deren Verlauf ich in dieser ersten Nacht im Gefängnis nochmals an mir vorübergleiten ließ . . .

Ich war nicht allein in der Zelle. Eine 79jährige Jüdin weinte auf, als ich kam. Sie schmachtete hier schon neun Monate, weil sie auf dem schwarzen Markt ein Huhn gekauft hatte und dabei erwischt worden war.

Am nächsten Morgen holte mich die »grüne Minna«, das vergitterte Polizeiauto, ab. Helga, die auch verhaftet worden war, saß schon drin; wir wurden ins Frauengefängnis gebracht und dort wieder getrennt. In meiner neuen Zelle waren zwei junge Tschechinnen; die eine wurde kurz nach meiner Ankunft verlegt, mit der anderen teilte ich das kärgliche Abendbrot. Von meiner Brotschnitte bröckelte eine Krume ab und fiel zu Boden. Die Tschechin hob sie auf, küßte sie und sagte: »Das ist *Brot*.« Sie saß bereits zwei Jahre. Am nächsten Morgen begann sie rote Fäden an Preisetiketten zu knüpfen, ich sah ihr zu. Da kam die Gefängnisaufseherin herein, sah mich untätig sitzen und fuhr mich hart an. Zuletzt rief sie: »Zehn Jahre Zuchthaus wünsche ich dir!« Ich lernte das Fädenknüpfen.

Ein Schnellgericht hatte unseren Fall übernommen. Schon nach wenigen Tagen fanden Helgas und meine Verhandlung gleichzeitig statt. Unter Bewachung liefen wir zusammen durch endlos lange Gänge zum Verhandlungsraum. Staatsanwalt und Richter waren überaus höflich, was wohl auf das Ansehen, das mein Vater in juristischen Kreisen noch immer genoß, zurückzuführen war. Nach kurzer Verhandlung hieß es: Ordnungsstrafe wegen Nichttragens des Judensterns von drei Tagen Haft und drei Tagen Gefängnis. Danach zuckte der Richter die Achseln und sagte: »Was dann wird, entzieht sich meiner Kenntnis!«

Sechs Tage nach unserer Verhaftung traf ich Helga in der »grünen Minna« wieder. Es ging zurück in die Wächterstraße zum Polizeipräsidium, wo die Entlassung erfolgen sollte. Dort angekommen, stempelte ein Aufseher unsere Begleitpapiere und sagte, ohne uns anzublicken: »'s is gut — gäh'n se nach oben!« Oben — waren die Zellen. Selbst die Wärterin, die uns wiedererkannte, glaubte, es könne sich nur um eine Verzögerung von einigen Stunden handeln. Sie schloß uns daher zusammen in eine kleine Zelle mit nur einer Pritsche ein, auf der wir eng aneinandergedrückt schlaflos den Morgen erwarteten. Da aber wurden wir in die »politische« Zelle Nummer 97 gebracht. Eine Stunde später rief man Helga zum Verhör. Die Wärterin nahm ihren Mantel und flüsterte mir zu, sie käme in Einzelhaft. Am nächsten Tag erhielt ich von der Kalfaktorin mit meinem Eßnapf einen Kassiber. Helga schrieb, sie habe Kreuzverhöre im Keller hinter sich, wäre der Rassenschande beschuldigt worden, da ihr Briefwechsel mit einem Frontsoldaten entdeckt worden sei.

In der politischen Zelle waren 20 Frauen untergebracht. Einige hatten etwas mit ausländischen Kriegsgefangenen gehabt; Jüdinnen hatten wie ich keinen Stern getragen oder unter der Hand Lebensmittel gekauft. Eine Bibelforscherin wurde eines Tages in die Zelle gebracht, sie war zwei Jahre im Zuchthaus in Waldheim gewesen. Sie hoffte auf Freiheit, war aber entschlossen, die Erklärung, die man ihr mit Sicherheit bei der Entlassung vorlegen würde und die sich gegen die Bibelforscher und deren Tätigkeit wandte, nicht zu unterschreiben. In langen

Tagen und Nächten erzählte jeder seinen Fall. Licht, Luft, Nahrung waren knapp bemessen. Diejenigen, die noch nicht lange saßen, mochten das Gefängnisessen nicht, aber die anderen sorgten dafür, daß nichts übrigblieb.

Als ich bereits fünf Wochen in der Zelle war, rief die Aufseherin mir eines Morgens zu: »Sachen packen!« Ich glaubte, es ginge nach Hause! Weihnachten stand vor der Türe, mein Vater war zwei Jahre zuvor auch nach sechs Wochen entlassen worden. Aber die »grüne Minna« stand schon wieder im Hof, Helga erwartete mich darin; diesmal ging die Fahrt zum Arbeitshaus in der Riebeckstraße. Weihnachten stand vor der Türe − das Polizeigefängnis mußte Platz schaffen für neu hinzukommende Gefangene, daher wurden wir ins Ersatzgefängnis transportiert. Im Arbeitshaus sollten eigentlich schwererziehbare junge Menschen leben, aber seit dem Januar 1933 wurden auch »Schwachsinnige, Sozialdemokraten und Kommunisten« aufgenommen, sie alle wurden »geschult«, es war ein Haus des Schreckens geworden.

Bei der Ankunft wurden wir entlaust. Helga mußte in eine Wanne mit kochendheißem Wasser steigen, mein Badewasser dagegen war eiskalt. Unsere Bemerkungen darüber wurden mit Püffen und Flüchen der Aufseherin beantwortet. Nach dem Bade erhielten wir gestreifte Anstaltskleidung, schwarze Wollstrümpfe und Holzpantinen, in denen wir das Laufen lernen mußten. Aber auch das war nur Vorspiel − wie froh waren wir im Oktober 1944, daß wir überhaupt Holzschuhe an unseren Füßen hatten.

Im Arbeitshaus wurden wir gedrillt. Die Aufseherinnen

gingen in männlich barschem Umgangston mit uns um, sie fluchten oft und geizten nicht mit Schlägen. Wir mußten sie in der dritten Person anreden und stets um Erlaubnis fragen, wenn wir austreten wollten – immer wurde es nicht erlaubt. Einige Mädchen mußten von früh bis abends Dielen scheuern. Es kam oft vor, daß eine Aufseherin mutwillig in schon gesäuberte Räume einen Eimer Schmutzwasser goß, so daß die Arbeit von neuem beginnen mußte. Protest wurde mit dreitägigem Kellerarrest bei Wasser und Brot und einer dünnen Schlafdecke – im Keller gab es keine Pritschen – bestraft.

In diesem Keller wurden die Transporte von und nach Ravensbrück untergebracht. Zum ersten Mal sah ich dort Polinnen und Tschechinnen mit kahlgeschorenen Köpfen, blaß, bis zum Skelett abgemagert. Da ich als Hausarbeiterin fungierte, kam ich überall herum und erfuhr alles, was vorging. Ich brachte die Kleider der Neuankömmlinge zur Desinfektionsstelle und versorgte die Gefangenen im Keller. Manchmal begleitete ich die Aufseherin zu den Männerbaracken und wurde Zeugin bei den Verhören gefangener Russen, die von der Arbeit beim Bauern ausgerückt waren. Meist verstanden sie kein Wort Deutsch. Wenn sie nun gefragt wurden: »Warum bist du ausgerückt? Hast du es etwa bei deinem Bauern nicht gut gehabt?« etc. und keine Antwort geben konnten, prasselte ein Hagel von Schlägen auf sie nieder, unter denen sie nach kurzer Zeit zusammenbrachen.

Helga und ich waren auf der Station der Schwachsinnigen untergebracht worden. Diese mußte ich täglich mit dem Staubkamm kämmen, es war keine leichte Aufgabe. Gerade die mit Läusen Behafteten versuchten, sich stets davor zu drücken – denn nach Auffinden von Tierchen auf solch armem Kopfe hagelte es Schläge und Schelte. Eine alte Frau versteckte Geld in ihrem dünnen Haar, es schien ihr das sicherste Versteck, auch sie wollte sich nicht kämmen lassen. Ich mußte darauf achten, daß beim Schlafengehen sämtliche Kleidungsstücke außer dem Hemd – Nachthemden gab es nicht – abgelegt und auf Haken aufgehängt wurden. In der Winterkälte wollte jeder gern mehr anbehalten. Ich fror auch und konnte das gut verstehen, aber ich durfte nichts durchgehen lassen, da am späten Abend wieder Stichproben durchgeführt wurden. Dadurch ging die Nachtruhe verloren. Als Hausarbeiterin schlief ich in einem kleinen Raum, in dem sämtliche Decken gestapelt waren. Natürlich deckte ich mich reichlich zu, obwohl das nicht gestattet war. Und prompt zeigte mich eine Schwachsinnige an, so daß ich meinen Posten verlor und in die Nähstube kam.

Dort arbeitete meine Schwester bereits. Wir lernten Helga und Irmgard Eisen, »Mischlinge« wie wir, kennen. Zwei Tage zuvor aus dem gleichen Grunde verhaftet, hatten sie dieselbe Tour hinter sich wie wir. Wir waren fast gleichaltrig und freundeten uns an.

Die erhoffte Amnestie an Weihnachten blieb aus. Am 22. Dezember wurde ich von der Inspektorin, vor der wir alle zitterten, gerufen. Höflich geleitete sie mich zu ihrem Dienstzimmer, in dem eine mir unbekannte Dame saß, und ließ mich mit ihr allein. Die Fremde bat mich, keine Angst zu haben, und überreichte mir einen Briefumschlag. Ich öffnete ihn und erkannte die Handschrift meines priesterlichen Freundes – es waren kurze herzliche Zeilen des Gedenkens und Trostes.

Die Dame war eine Beamtin; wegen des bevorstehenden Weihnachtsfestes hatte sie Zutritt zu den katholischen Häftlingen.

*

Am Heiligabend und an beiden Feiertagen stand ein Tannenbaum mit elektrischen Kerzen auf jeder Etage. Das Radio wurde angestellt, zum Essen gab es Fleisch mit viel Sauce − daher Gezeter unter den Schwachsinnigen um die größten Brocken. Ewig fühlten sie sich benachteiligt. Sie wußten, welches Schicksal sie treffen würde, wenn sie sich schlecht aufführten. Oft drohten sie sich untereinander: »Ich werde dich nach Czadras [wo sie vernichtet wurden] bringen!«

Schwester Gabriele, die einzige Aufseherin, die im Arbeitshaus ihr Herz nicht verbarg, steckte mir selbstgebackenen Kuchen zu.

Von den Schicksalen der Mitgefangenen könnte ich endlos berichten. Eine 15jährige Französin hatte man als Fremdarbeiterin nach Deutschland geschleppt. Sie riß aus, wurde erwischt und nach Leipzig transportiert. Mit erschreckten Kinderaugen sah sie allem zu − sie konnte kein Wort Deutsch. Eine Tschechin steigerte sich durch die schlechte Behandlung in solchen Zorn, daß sie beim Strafantritt im Keller eine Fensterscheibe mit der Faust zerschmetterte. Der Arrest wurde daraufhin verschärft und die Arrestzeit verdoppelt; nach sechs Tagen holten wir sie völlig entkräftet herauf.

Ungefähr drei Wochen nach Weihnachten vermißten wir Helga und Irmgard Eisen. Sie tauchten auch im Laufe des nächsten Tages in der Nähstube nicht auf, was meiner Schwester und mir zu Vermutungen Anlaß gab. Am dritten Morgen wurden wir einem Polizisten gegenübergestellt, der uns fragte, ob wir mit einem größeren Transport zum Arbeitseinsatz in Textilfabriken nach Riga fahren wollten, anderenfalls kämen wir nach Ravensbrück. Sofort entschieden wir uns für Riga, von den Zuständen in Ravensbrück wußten wir bereits zu viel. Wir unterschrieben einen roten Transportzettel, erhielten daraufhin unsere Zivilkleider und fuhren in Begleitung des Polizisten zum Gestapo-Quartier, Hindenburgstraße. Inspektor Z. war wieder zur Stelle. In rosigen Farben schilderte er uns den bevorstehenden Arbeitseinsatz: Gute Bezahlung, Unterbringung in Zimmern mit Zentralheizung und fließendem Wasser etc. würden uns erwarten. Wir sollten jetzt nach Hause gehen und am nächsten Tage im Sammellager einer Schule mit Gepäck antreten.

Im Vorzimmer des Inspektors warteten viele Juden, die auch für den Transport bestimmt waren. Sie rieten uns, bei der Jüdischen Gemeinde vorbeizugehen und uns dort in die Transportliste aufnehmen zu lassen.

Die Räume der Gemeinde waren nur einige 100 Meter von der Wohnung meiner Eltern entfernt. Als wir uns dort gemeldet hatten und das Haus verließen, kamen unsere Eltern uns schon entgegen. Sie hatten von unserer Entlassung gehört – aber nicht, daß wir am anderen Tage schon weiter mußten. Zum erstenmal sah ich meinen Vater weinen. Meiner Mutter brannten rote Fieberflekken auf den Wangen. Uns allen war elend.

Dann stürzte sich meine Mutter in die Reisevorbereitungen für uns. Da wir zwölf Wochen in Haft gewesen waren, besaßen wir keine Lebensmittelkarten und konnten nichts besorgen. Erst am anderen Morgen gingen Helga und ich mit aufgenähten Judensternen auf das Neue Rathaus am Dittrichring, um sie abzuholen. Als der Beamte uns erblickte, verhielt er sich, als ob wir aussätzig wären, und machte eine beschwörende Bewegung, ja nicht näherzutreten. Am späten Vormittag nahmen wir Abschied von unseren Eltern, Helga für immer; meinen Vater traf ich bei meiner Rückkehr nach sieben Jahren nicht mehr an...

*

In der Schule war bereits ein Drittel der damaligen (Januar 1942) jüdischen Bevölkerung Leipzigs versammelt. Beim Appell in der Turnhalle entdeckten wir die Geschwister Eisen. Wir beschlossen sogleich, die Reise gemeinsam anzutreten. Die Nacht verbrachten wir auf Strohsäcken. Am Morgen wurden wir dann in Polizeiautos des Überfallkommandos zum Güterbahnhof gebracht. Von Leipzig fuhren 700 Menschen ab, in Dresden kamen 300 dazu. In einem Sonderwaggon fuhr die Wachmannschaft der Gestapo. In Breslau hielt der Zug an, wir durften Wasser schöpfen. Dann fuhren wir durch weite schneebedeckte Wälder, wir vermuteten durch Polen und Litauen. Infolge der Schneewehen kam der Zug schlecht vorwärts und hatte bei Nacht stundenlange Aufenthalte auf freier Strecke. Die Abteile waren ungeheizt. Wir froren und hungerten. Proviant, der angeblich in einem Sonderwaggon lagerte, wurde nicht verteilt. Der Rucksack mit Lebensmitteln, den unsere Mutter im Sammellager für uns abgegeben hatte, hat uns nie erreicht. Wir waren daher ohne ein Stück Brot und auf das Mitleid der mit Proviant versehenen Mitreisenden angewiesen.

Um nicht steif zu werden vor Kälte, sprangen und hüpften wir im Abteil herum und klopften uns auf die Rükken.

Eine junge Frau mit einem Säugling war nach dem ersten Reisetag sehr erschöpft. Herr Fleischer, der jüdische Transportführer, entschloß sich, die Wachmannschaft um Trinkwasser für sie zu bitten. Er wurde daraufhin bis zur nächsten Station in dem Sonderwaggon festgehalten, mußte sich dann ausziehen und im Schnee vor der Lokomotive Freiübungen machen. Ohne Schuhe und Strümpfe sperrte man ihn dann in ein verdunkeltes Abteil, während seine Familie unbenachrichtigt blieb und sich die ganze Nacht um ihn ängstigte.

Am dritten Morgen hielt der Zug wieder an. Nach einigen Stunden Aufenthalt wurden Vermutungen laut. Es konnte keiner aussteigen, da die Türen plombiert worden waren. Wir lechzten nach einem Schluck Wasser. Gegen Mittag erschienen bewaffnete SS-Männer, rissen die Abteile auf und trieben die Menschen mit Püffen und Flüchen heraus. Wir durften nur Handgepäck mitnehmen. Das große Gepäck wurde vor den Zug gestellt, es sollte mit Lkws nachtransportiert werden − keiner hat sein Eigentum je wieder gesehen.

Wir waren in Chirutawa, einem Vorort Rigas, angekommen. Handgreiflich wiesen uns die SS-Männer an, eine Kolonne zu bilden und uns in Marsch zu setzen. Jetzt erst sah man, wie viele alte und kranke Menschen mit dem Transport mitgekommen waren. Durch die Reise bereits völlig entkräftet, konnten viele das eingeschlagene Tempo nicht halten. Aber sobald einer zurückblieb, sauste unbarmherzig der Gummiknüppel auf seinen Rücken, dann beschleunigten sich seine Schritte für eine Weile. Zurückzubleiben bedeutete den Tod im Schnee.

In meinem rechten Arm hing eine Frau, die in Leipzig schon ein Jahr nicht mehr auf der Straße gewesen war; mit dem linken schleppte ich ein zu Tode erschöpftes Mütterchen. Aus ihrem Mund quoll Schaum. Immer wieder fragte sie, wie weit es noch bis zum Ziele wäre. Keiner von uns wußte es. Mit aller Kraft zog ich sie vorwärts. Nur hie und da ein Haus. Dichter Schneesturm wirbelte und blies eisigen Wind in den Nacken. Bei 17 °C Kälte hatten wir Leipzig verlassen, in Chirutawa herrschten bei unserer Ankunft 33 °C unter 0.

Ein Weg, den man zum ersten Mal geht, ist immer lang. Wir kannten unser Ziel nicht, waren von den Strapazen der Reise matt und verstört. Schon vermochten die Rufe der SS-Leute das Tempo der Kolonne nicht mehr zu beschleunigen, da tauchten einige 100 Meter vor uns im Schneetreiben Menschen mit Schlitten auf — es waren die unsrigen, sie trugen den Judenstern! Sie kamen, uns abzuholen. Es war höchste Zeit. Ein Viertel der Kolonne konnte nicht weiter. Ich eroberte auf dem Schlitten Platz für meine beiden Frauen. Als ich das Mütterchen in eine Decke gewickelt hatte, sagte es: »Heute nacht werde ich sterben.« Ich habe es nie wiedergesehen.

Unsere Abholer bestürmten wir mit Fragen, bekamen aber nur ausweichende kurze Antworten: »Kommt und seht selbst.« Noch über eine halbe Stunde ging es vorwärts, dann schwenkte die Kolonne rechts einen Berg hinauf, an einem Friedhof mit einer ausgebrannten Synagoge vorbei. Die linke Seite des Weges war mit Stacheldraht umzäunt. Vom Berge herab führte eine breite Straße ins Ghetto. Wir zogen ein. In einer der Straßen auf der linken Seite, der Ludzas iela, ertönte ein »Halt!«. Man wies uns ein paar leerstehende Häuser an. Es waren ärmliche Gebäude mit schadhaften Dächern und dunklen verfallenen Treppen. Durch zerbrochene Fensterscheiben blies der eisige Wind. Das obere Stockwerk eines größeren Hauses war völlig ausgebrannt. So sahen die von Inspektor Z. angepriesenen Wohnungen aus!

Da es schon dunkel war, suchte jeder rasch einen Unterschlupf. Mancher fand in dieser ersten Nacht nur mit Mühe einen Stuhl zum Ausruhen. Auf den Höfen rief eine Stimme, niemand dürfe nach 19 Uhr auf die Straße, und es sollten keinerlei Spinnstoffe verbrannt werden. Wer gegen diese Verordnungen verstoße, würde erschossen.

Wir fanden uns zu acht in einem Zimmer, bereiteten schnell ein provisorisches Lager und versanken trotz des rauhen Empfangs bald in tiefen Schlaf.

*

Der nächste Morgen brachte Aufschluß. Die Bewohner des Ghettos, die bereits länger hier hausten, berichteten, was sich abgespielt hatte. Bald nach der Besetzung Lettlands durch die Deutschen im Juli 1941 waren die lettischen Juden in Ghettos verwiesen worden — nach Riga oder Libau —, und der größte Teil ihres Eigentums war beschlagnahmt worden. Viele von ihnen waren vermögend gewesen und hatten Sommervillen am Rigaischen Meerbusen besessen. Darin tummelten sich jetzt Angehörige der SS, der SA und der Wehrmacht; sie genossen gute Tage. Die Juden wurden vom Ghetto aus täglich in langen Kolonnen zur Zwangsarbeit geschickt oder bei der SS und Wehrmacht kaserniert. Es gab dort bessere Verpflegung.

Anfang Dezember 1941 waren die Ghettobewohner frühmorgens aus ihren Wohnungen getrieben, von SS-Leuten auf Lkws verladen oder in Marschkolonnen in den Hochwald gebracht worden. Dort sind ca. 25000 Menschen erschossen worden. Wer Widerstand geleistet hatte, war gleich im Ghetto umgelegt worden. Die Aktion überlebt hatten etwa 6000 Männer, 500 Frauen und 30 Kinder. Bei strenger Trennung der Geschlechter bewohnten sie bei unserer Ankunft die Häuser, die dem deutschen Ghetto gegenüberlagen, Lettenghetto genannt. Es war mit Stacheldraht umgeben, so daß ein Pendeln vom deutschen ins lettische Ghetto ohne weiteres nicht möglich war.

Die Häuser, in denen die Ermordeten kurze Zeit gewohnt hatten, dienten nun den Neuankömmlingen aus Kassel, Köln, Berlin, Hannover, Frankfurt, Leipzig und Dresden als Asyl. Die Kölner und Düsseldorfer Juden, die bereits im November und Dezember deportiert worden waren, hatten die Aktion teilweise als Augenzeugen miterlebt, sie hatten später die Blutlachen auf den Straßen tilgen müssen.

Am Morgen nach unserer Ankunft sahen wir uns in der kleinen Wohnung um: In der Küche fanden wir eine Mahlzeit angerichtet, aber fest eingefroren. Sie war noch von denjenigen hergestellt worden, die jetzt reglos in Massengräbern des Hochwaldes lagen. Der Hunger zwang uns, die Speisen aufzutauen und zu essen, die Kälte zwang uns, die Kleider, die wir in den Schränken vorfanden, an uns zu nehmen, um die erstarrten Glieder zu wärmen.

Frau Dora Hansen, Frau Ilberg mit Sohn Ernst, Cilly Zickmann, die beiden Eisens, Helga und ich bewohnten ein schmales Zimmer mit kleiner Küche. Fünf von uns schliefen auf zwei auf dem Boden liegenden Matratzen, drei auf zwei wackeligen Sofas. Wir rückten eng zusammen, um uns gegenseitig zu wärmen.

Hunger und Kälte wurden unsere täglichen Begleiter. Die Lebensmittelzuteilung bestand aus 160 Gramm Brot pro Tag, es war gefroren, unausgebacken, sauer. Einmal wöchentlich erhielten wir je eine Handvoll Möhren und Kartoffeln, meist gefroren, und eine Handvoll Grütze. Davon kochten wir dünne Suppen. Das Brot verwaltete jeder selbst. Der Hunger war meist so groß, daß wir schon am Abend die für den Morgen bestimmte Scheibe Brot verschlangen.

Aus Verschlägen und Kellern schleppten wir Holz. Als wir nichts mehr fanden, wurden Stühle zerhackt. Später brachten wir ab und zu vom Außenkommando Holz mit.

Eine Woche nach unserer Ankunft wurden neue Transporte angekündigt. Irmgard und ich erboten uns, sie abzuholen. Wir erlebten gleiches Elend, Erschöpfung und Enttäuschung der Ankömmlinge wie bei unserer eigenen Fahrt. Diese kamen aus Berlin und Wien, auch ihnen wurden ein paar leerstehende Häuser zugewiesen.

Das deutsche Ghetto war in zehn Gruppen eingeteilt. Die Straßen mit lettischen Namen wurden in deutsche umbenannt. Die Hauptstraßen waren die Leipziger, Prager und Kölner Straße. Wo sich Leipziger und Prager Straße kreuzten, war das Prager Tor. Es gab die Gruppen Köln, Bielefeld, Berlin, Düsseldorf, Dortmund, Hannover, Sachsen, Prag, Kassel und Wien. Jede Gruppe hatte einen verantwortlichen Ältestenrat, einen Proviantmeister und einen Leiter für den Arbeitseinsatz. Es gab ein Arbeitsamt, Herr S. aus Köln leitete es. Er hatte manchmal seine Not, entsprechende Gruppen zusammenzustellen, wenn sie für schwerste Arbeit in SS-Kommandos angefordert wurden, manchmal 120 Männer für einen Arbeitseinsatz. Dann zog er zwölf aus jeder Ortsgruppe heraus. Wurde jemand krank, mußte der Gruppenarzt ihn arbeitsunfähig schreiben, mit Krankenschein. Der Kolonnenführer gab diesen auf dem Arbeitsamt ab.

War man einem Kommando mit schwerer körperlicher Arbeit zugeteilt worden, gab es eine Zulage in Gestalt der »Kommandoscheibe«, diese morgens beim Abmarsch. In den Wochen nach unserer Ankunft war diese trockene Schnitte dunkles Lettenbrot mein Morgen- und Mittagessen.

An das bewohnte Ghetto schloß sich ein unbewohnter Häuserblock an, dessen Betreten bei Todesstrafe verboten war. Nach der Aktion gegen die 25000 stand er leer, barg jedoch Vorräte an Lebensmitteln, Holz und Kleidern. Von der Not getrieben, riskierten immer wieder einige, sich dort etwas zu holen. Die lettischen Juden kamen meist mit heiler Haut zurück, die deutschen kannten die Schleich- und Versteckwege nicht, wurden oft ertappt und niedergeschossen. Im Frühjahr arbeitete dort das »Lettenkommando«, es galt wegen der grausamen, schikanösen Behandlung als das schlechteste Kommando überhaupt.

Um 6 Uhr morgens erwachte das Ghetto zum Leben. Männer und Frauen, vermummt vom Scheitel bis zur Sohle, verließen ihre Unterkünfte. Nach der Abmeldung im Gruppenbüro sammelte man sich beim Kolonnenführer. Zwischen 6.30 Uhr und 7 Uhr wurde abmarschiert.

Helga, Irmgard und ich wurden bald nach unserer Ankunft dem Kommando »Kriegsweg« zugeteilt. Helga Eisen und Cilly Zickmann hatten Erfrierungen an Händen und Füßen und waren nicht arbeitsfähig. Ernst Ilberg war bereits in das Männerlager Salaspils abtransportiert worden. Frau Ilberg und Frau Hansen führten unseren bescheidenen Haushalt. Später ging auch Frau Hansen auf Kommando.

*

»Kriegsweg«, was würde er uns bescheren? Ein Stück Brot, einen Teller Suppe, Holz? Zu 120 Frauen marschierten wir im Morgengrauen durch die unbelebte Vorstadt. Wir gingen auf der befahrenen Straße, als »Untermenschen« war uns das Gehen auf dem Bürgersteig verboten. An den Markthallen vorbei gelangten wir nach einer guten Stunde Weges in die Sandstraße. Dort öffnete sich ein kleines Tor, die Kolonne trat ein. Im Hof befand sich ein Steinhaus mit einer Schmiede, neben einem Schuppen stand eine beheizte Baracke, die uns als Aufenthaltsraum dienen sollte. Doch nur ein kleiner Teil der Frauen fand darin Platz, die anderen standen frierend auf dem Hof. Nach geraumer Wartezeit kamen vier Männer von der lettischen Stadtreinigungsverwaltung, in hochgeschlagenen Pelzen, Lederstiefeln, mit Zigarren im Mund, aus dem Steinhaus und musterten uns. Wir wurden in Gruppen zu zehn und 20 Personen eingeteilt, erhielten Holzschaufeln oder Eisenstangen. Unter Aufsicht eines lettischen Vorarbeiters gingen die Gruppen dann zu ihrem Arbeitsplatz. Die meisten mußten weit über die Dünabrücke in unbelebte Stadtteile laufen und dort Schnee schippen oder das Eis weghacken; es galt als besonderes Glück, mit einer kleinen Gruppe in der Innenstadt zu arbeiten.

Uns gab man in den ersten Tagen Eisenstangen. Wir lernten die öden Straßen Rigas kennen. Es war kalt und windig, kaum waren Menschen unterwegs, unsere Stimmung war trübe. Wohl suchte einer den anderen aufzumuntern. Wir mußten laufen, immer weiter laufen... Die schweren Eisenstangen konnten wir kaum noch halten. Elend sahen wir aus, überschlank. Der Hunger gab keine Ruhe, er wühlte und verkrampfte die Eingeweide. Nach der Haft in Leipzig waren wir beinahe froh gewesen, dem eintönigen Gefängnisleben entronnen zu sein — jetzt dachten wir an die warmen Mehlsuppen im Arbeitshaus wie an ein Schlemmeressen.

Oft drohten uns unsere Kräfte zu verlassen – die Eintönigkeit des Hackens, die spöttische Miene des lettischen Vorarbeiters, die öde Gegend – wir sehnten die Kugel herbei, die allem ein Ende machen würde.

Helga erhielt bald eine Stelle im Innenkommando als Schneiderin. Bei der Arbeit sitzen zu können und mittags einen Schlag Suppe zu erhalten, waren große Vergünstigungen.

Es wurde noch kälter. Irmgard und ich standen auf der Dünabrücke, wir hackten Eis. Nach jeder Stunde Arbeit durften wir uns in einer Bude am Ende der Brücke fünf Minuten aufwärmen. Kurz nach 10 Uhr verließ ich die Bretterbude und fand Irmgard auf der Brücke, weinend, verzweifelt. »Alles sinnlos, runterspringen«, rief sie – ich brachte sie schnell in die Bude, selber den Tränen nahe. Es herrschten 40 °C Kälte. Um 12 Uhr kam dann ein Inspektor vorbei und schickte uns zurück in die Sandstraße.

Wenn es uns gelang, für die Innenstadt eingeteilt zu werden, schippten wir meist in der Hauptstraße den Schnee vom Bürgersteig auf große Haufen, die später abgeholt und in die Düna geworfen wurden.

Durch das bunte Straßenbild wurde uns die Zeit nicht lang. Vier der unseren waren bald in einem kleinen Pavillon in den Anlagen verschwunden. Als sie nach zehn Minuten wiederkamen, taten sie sehr geheimnisvoll. Irmgard und ich gingen mit dem nächsten Schub. Der Pavillon war ein Klosett, auf dem Hochbetrieb herrschte. Lettische Arbeiterinnen hatten dort eine Tauschzentrale eingerichtet; sie trugen hohe graue Filzstiefel, den Kopf und die Schultern bedeckten fransige graue Tücher, ihre

Stimmen krächzten, sie muteten mich wie graue Raubvögel an. Wir zeigten unsere Ware — Wäsche, Kleider. Nach eingehender Prüfung machten die Lettinnen Zeichen des Einverständnisses und fragten: »Nu, zig, zig?« (Wieviel willst du?). Meist wurde man nach kurzem Feilschen auf beiden Seiten einig. Seit 1942 konnte man in Lettland nur auf Kleiderkarte Textilien kaufen, die Industrie stand still, die Lettinnen nahmen alles, was wir anboten.

Irmgard zeigte ihren Silberring mit einem roten Rubin. Sie erhielt dafür ein halbes Brot und ein Stück Wurst. Überglücklich zogen wir mit dieser Beute ab.

Nun sahen wir eine Möglichkeit, uns am Leben zu erhalten. Cilly arbeitete im Ghetto in einer »Textilfabrik« — sie mußte dort Kleider sortieren, die bei der Beschlagnahmung des lettisch-jüdischen Eigentums von der SS erbeutet worden waren. Jeden Abend zog sie mehrere Stücke unter die eigenen Kleider an, wir nahmen sie am anderen Morgen auf den »Kriegsweg« mit und tauschten sie gegen Lebensmittel ein. Auf diese Weise wurde unsere gemeinsame Abendmahlzeit etwas kräftiger. Jeder von uns war glücklich, etwas zum Haushalt beisteuern zu können. Manchmal wurden wir von den grauen Vögeln auch betrogen — anstelle von Mehl enthielt die Tüte Kalk, nur obenauf war Mehl gestreut. Oder in einem »Kilo Butter« befand sich ein großer Stein, ein großes »Butterbrot« war mit gelblichem Kartoffelbrei belegt. Unter der ständigen Gefahr, entdeckt zu werden, wurde jeder Handel schnell und ohne große Prüfung unsererseits geschlossen; wir waren froh, etwas Eßbares um jeden Preis zu bekommen. Wenn wir die Arbeitsstelle wechseln mußten, verloren wir die »Kundschaft« manchmal aus den Augen.

Der Winter nahm kein Ende, immer wieder schneite es. Uns trieb man unermüdlich zum Schippen an. Fußgänger warfen uns heimlich trockenes Brot in den Schnee, einmal heiße Grützwurst, die durch fünf geteilt und sofort verschlungen wurde. Ende Februar 1942 schaufelte ich vor der SS-Dienststelle. Dort waren lettische Juden kaserniert. Sie riefen uns mittags in ihren kleinen Aufenthaltsraum hinter einer Garage, wo sie dampfende Grützsuppe austeilten. Wir kamen nun täglich, aber die Besuche mußten in größter Heimlichkeit vor sich gehen. Die lettischen Juden bekamen hier bessere Verpflegung als im Ghetto; es gelang den meisten, Kontakt mit ihren »arischen« lettischen Freunden von früher in der Stadt aufzunehmen, die ihnen heimlich Lebensmittel brachten. Was sie an Geld und Schmuck hatten retten können, wurde umgesetzt, sie halfen auch uns. Viele deutsche Juden hätten ohne die Unterstützung der lettischen Freunde diesen knochenharten langen Winter nicht überlebt.

Die Hermann-Göring-Straße vor der SS-Dienststelle war bald frei von Schnee, man beorderte uns daher in einen anderen Teil der Stadt. Wenn wir einen freundlichen Vorarbeiter hatten, gingen wir nach 12 Uhr durch die Anlagen zur SS-Dienststelle zu unserer Suppe. Einmal streifte ich im Park versehentlich einen SS-Mann, er hielt mich an und musterte mich. Ich stotterte »Verzeihung«, fühlte aber im selben Moment seine Faust im Gesicht. So schnell wir konnten, liefen wir weiter. Meine Lippen bluteten, die Zähne waren gelockert.

Die kleine Wohnung in der Ludzas iela war unsere Zuflucht. Wenn wir abends zu acht um den runden Tisch bei einem Schälchen Tee, der aus Tante Doras (Frau Hansens) Beständen stammte, saßen, zog ein Hauch von Gemütlichkeit durch den ärmlichen Raum. Bei friedlichem Gespräch wurden unsere Herzen warm.

*

Unter den Ghettobewohnern waren Juden, Katholiken und Protestanten, mit der »Arier-Elle« gemessen Voll-, Halb-, Viertel- und Dreivierteljuden, auch einige Arier-Frauen, die ihren jüdischen Männern gefolgt waren, und umgekehrt. Herr Czerny zum Beispiel hatte in Berlin seine Stellung verloren, weil er sich von seiner jüdischen Frau nicht scheiden ließ und war verhaftet worden. Als er freikam, suchte er vergeblich Frau und Kinder. Auf der Gestapo in Berlin sagte man ihm, sie seien nach Riga deportiert worden. Darauf meldete er sich freiwillig zum nächsten Rigatransport. Aber der erste Berliner Transport war nicht angekommen, es hieß, bereits unterwegs sei er vergast worden. Jetzt konnte Herr Czerny keine Nachforschungen mehr anstellen und auch nicht zurückfahren. Sein Haar war schneeweiß geworden, obgleich er höchstens 50 Jahre zählte. Aber er verzweifelte nicht und versuchte mit jeder ihm zugeteilten Arbeit fertigzuwerden. Darüber hinaus tröstete er seine Gefährten. Er war einer der ersten, die später im Kaiserwald zugrunde gingen.

Zwiespältig war der Ältestenrat von Hannover, Herr F.

Streng und fast ebenso gefürchtet wie ein SS-Mann jagte er im Ghetto hin und her und überwachte jeden aus seiner Gruppe. Nicht selten schlug er mit einem kurzen Stock zu. Wenn die Kolonnen abends ins Ghetto einzogen, kontrollierte er und nahm mühsam erbeutete Lebensmittel ab. Die Schuldigen erhielten Schläge oder Strafkommando. Er war ein intellektueller Typ, zwei Meter groß und sehr schlank. Trotz seines jüdischen Vaters war er bis 1933 Mitglied der SA gewesen. Als der Ahnennachweis erbracht werden mußte, kam er zunächst wegen Rassenschande − er war mit einer »Arierin« befreundet − ins Gefängnis. Im Ghetto wurde seine SA-Vergangenheit günstig bewertet, der Kommandant ernannte ihn sofort zum Ältestenrat und räumte ihm viele Vergünstigungen ein. Kostbare Teppiche lagen in seinem Büro zuhauf. Zwei Jahre später starb er unter den Händen Dr. A.s, der ihm den Magen resezieren mußte, im Ghetto-Lazarett. Der Kommandant ließ sogar drei Schüsse für ihn abfeuern...

*

Die Not im Ghetto war entsetzlich. Hunderte von Menschen erfroren und verhungerten. Als wir eines Morgens zur Arbeit gehen wollten, fanden wir im Hof des Sachsenhauses Mann, Frau und zwei Kinder erfroren im Schnee. Des aussichtslosen Lebensmittelkampfes müde, hatte die Familie sich in der Nacht unter den eisigen Sternenhimmel gelegt. Wenige Tage danach stürzte sich eine

Frau aus dem Fenster des zweiten Stockwerks eines Hauses, sie hinterließ einen siebenjährigen Knaben. Ein alter Mann lag mit anderen zusammengepfercht in einem Zimmer − beide Beine erfroren, das Fleisch schwarz bis zu den Knien, die überfüllte Krankenstube konnte ihn nicht aufnehmen. Seine Mitbewohner konnten den Verwesungsgeruch, der von seinen Beinen ausging, nicht länger ertragen und legten ihn in die dunkelste Ecke ihrer Küche. Keiner vermochte zu helfen. Auch nachdem Träger später den Toten abgeholt hatten, hielt der pestähnliche Geruch noch lange an.

Fast stündlich konnte man Trägern mit Totenbahren begegnen. Die Erde war hart und gefroren, man konnte keine Gräber schaufeln. So lagen die Verstorbenen wochenlang aufeinandergehäuft in einem alten Schuppen, den Blicken der Vorübergehenden preisgegeben. Nur wenige der alten Leute hielten den kalten Winter durch. An ein zu jeder Stunde bedrohtes Leben konnten sie sich nicht gewöhnen, sie gingen ein, ohne Zorn, schmerzhaft verwundet, schmerzlich verwundet.

Helga und ich waren froh, unsere Eltern in Leipzig zu wissen. Aber auch dort waren sie nicht sicher. Nach dem Krieg erfuhr ich, daß sie innerhalb eines Jahres siebenmal hatten umziehen müssen. Beim letzten Umzug war mein Vater krank gewesen, er hatte sein Bett nicht verlassen können. Ein Krankenwagen hatte ihn ins Krankenhaus abgeholt. Als meine Mutter ihn einige Tage später besuchen wollte, war er bereits gestorben, wahrscheinlich infolge einer Injektion, denn er war keineswegs organisch, sondern nur psychisch elend gewesen.

*

Die SS suchte immer neue Opfer. Beim Wasserholen wurden eines Abends zwei junge Leute von lettischer SS erschossen. Bei der Kontrolle des Lettenkommandos fand man in der Tasche eines Mädchens eine Rolle Zwirn. Das Mitnehmen von Spinnstoffen war verboten – aber wer nichts riskierte, mußte unweigerlich zugrunde gehen. Der SS-Mann kannte kein Pardon: 20 Frauen mußten sich an die Wand stellen, jede fünfte wurde abgeknallt...

Kommandant Krause schoß, wann immer es ihm gerade einfiel. Wenn er auftauchte mit seinem blassen verkniffenen Gesicht, wichen die Leute zurück. Von Gestalt war er klein und unscheinbar, aber seine Augen blickten hart und zynisch in die Welt. Während eines Rundgangs im Ghetto befand er, daß ein Mann vor ihm zu langsam lief. Er rief ihm zu: »Alter, lauf, oder ich mache dir Beine!« Der Mann setzte zum Laufschritt an, aber Krauses Kugel war schneller. Alte Menschen galten den SS-Leuten nichts; sie waren Ballast, unnütze Esser, die möglichst bald verschwinden mußten. Für sie wurden Transporte nach Dünamünde eingerichtet. In diesem »Fischerdorf« sollten sie in Konservenfabriken angeblich leichte Arbeiten verrichten. Auf viele Lkws wurden viele alte Leute verladen; jeden Montag ging ein Transport dorthin ab, aber aus Dünamünde ist niemals ein Gruß gekommen, keiner kehrte je zurück. Der Ort »Dünamünde« war frei erfunden. Die Transporte endeten alle im Hochwald...

Kommandant Krause war unberechenbar. Wurde jemand beim Schmuggeln (wir nannten es »kungeln«) erwischt, mußte er ihm vorgeführt werden. Fand der Ertappte zur rechten Zeit das rechte Wort zu seiner Verteidigung oder gelang ihm gar ein saftiger Witz, wurde er freigelassen und bekam obendrein ein gutes Arbeitskommando. War er aber ängstlich und stumm, wurde er zum Friedhof gebracht. Krause folgte in seinem kleinen DKW nach und schoß ihn dort nieder. Standen solche »Liquidationen« bevor, traute sich niemand auf die Straße.

Eines Tages hatte ich auf der Kommandantur zu tun, ich mußte warten und hörte im Wartezimmer das Verhör einer alten Frau mit an. Sie hatte am Lettenzaun, einer unbewachten Stelle des Stacheldrahts nach der Straße zur Stadt hin, Lebensmittel getauscht gegen Silbermünzen. Weinend und jammernd gestand sie es ein. Da schrie Krause: »Warum macht ihr auch immer solchen Kram, endlich habt ihr mich wieder soweit, los!« Eine Stunde später verließ er mit fahlem Gesicht und zusammengekniffenen Lippen im Auto das Ghetto.

Krause und seine Helfer hatten auch die 25000 lettischen Juden »liquidiert«. Bei Himmler mußte er als tüchtiger Mann gelten, denn Weihnachten 1942 wurde er nach Polen beordert, nach Warschau, wie man uns sagte. Sein Nachfolger in Riga wurde R. Krauses Adjutant G. war ehemals Chauffeur bei einer jüdischen Firma in Köln gewesen. Wenn er in Urlaub fuhr, richtete er in der Heimat die Grüße der Kölner Juden aus. Er sah schneidig aus, war freundlich und loyal. Nach dem Krieg hat er sich im Untersuchungsgefängnis das Leben genommen.

*

Frau Ilberg sorgte sich um ihren Sohn Ernst. Drei Tage nach der Ankunft im Ghetto war er mit dem Transportleiter, Herrn Fleischer, dessen Sohn Hans und anderen noch kräftigen Männern der Gruppe Sachsen nach Salaspils abtransportiert worden. Ab und zu erhielten wir Grüße durch proviantholende Männer, aber Näheres konnten sie nicht mitteilen, da sie streng bewacht wurden.

Im April 1942 endlich traf ein Krankenwagen aus Salaspils ein. Vor der Kommandantur hielt ein Lkw. Die Straßen wurden gesperrt. Wir konnten alles von der Wohnung aus beobachten. Es stieg niemand aus. Ein jüdischer Ghettopolizist trat an den Lkw, er hob eine menschliche Gestalt herunter, andere taten das gleiche. Da standen sie, menschliche Wesen, aber es war nicht möglich zu erkennen, ob Kind oder Greis, ob Frau oder Mann. Dann wurden Namen verlesen. Die Angehörigen stürzten auf sie zu und nahmen sich ihrer an. Es dauerte Wochen, bis diese Kranken wieder einigermaßen ihr Gleichgewicht gefunden hatten. 12 Kilometer von Riga entfernt im Walde waren sie mitten im Winter vor die Aufgabe gestellt worden, Baracken für das Lager Salaspils zu bauen. Bis diese fertig waren, mußten die Arbeiter im Freien kampieren. Wegen des ständigen Zustroms von Häftlingen wurden sie zur Eile angetrieben. Bei durchschnittlich 35°C Kälte blieb nur ein Drittel der Männer arbeitsfähig. Kärgliche Brotrationen und Wassersuppen entkräfteten sie mehr und mehr, die meisten schwebten wochenlang zwischen Leben und Tod, aber niemand wollte sich krankschreiben lassen, da die Brotration in einem solchen Falle um die Hälfte gekürzt wurde.

Konnten sie sich trotz größter Anstrengung nicht auf den Beinen halten, und wurden es zu viele Arbeitsunfähige, so befahl der dortige Kommandant einen Krankentransport ins Ghetto, wo inzwischen ein Lazarett mit jüdischen Ärzten eingerichtet worden war. Die meisten Transporte aber fuhren in den Hochwald und nicht ins Ghetto. Die Erde des Hochwaldes ist blutgetränkt.

Vor dem Rückzug der Deutschen haben Häftlinge eines Sonderkommandos die dortigen Massengräber nochmals öffnen müssen, um die Leichen zu verbrennen. Anschließend sind auch sie erschossen worden.

Ernst Ilberg hielt sich tapfer. Er verhungerte nicht und überstand einen Ruhranfall. Nachdem die Baracken fertiggestellt worden waren, stellte Salaspils Außenkommandos und damit die Verbindung zur Außenwelt her. Diejenigen, die bis dahin durchgehalten hatten, schienen einstweilen gerettet. Als im April zum erstenmal ein Krankentransport das Ghetto erreichte, setzte von dort ein Hilfswerk ein. Im Prager Hof wurden Körbe für Sach- und Lebensmittelspenden aufgestellt. Die einmarschierenden Kolonnen gingen abends daran vorbei, und jeder sparte sich für »die Salaspilser« etwas vom Munde ab.

*

Der Arbeitseinsatz vergrößerte sich, neue Kommandos entstanden, gute und schlechte. Am besten war es bei der Wehrmacht. Die meisten Soldaten waren nett, sie ließen uns nicht zu schwer arbeiten und teilten oft ihre Verpflegung mit uns. Manche äußerten im Gespräch, auch sie würden sich wie Gefangene fühlen.

Meine Schwester Helga und Irmgard Eisen hatten auch ein neues Kommando: Obersturmführer M. war umgezogen und hatte seine neue Wohnung streichen lassen. Die beiden mußten den Malerdreck wegputzen. M. war entgegenkommend: Er holte die beiden jungen Mädchen mit dem Auto ab, gab ihnen Essen und trieb sie nicht an. Aber die lettischen Juden warnten: Schon einmal habe der Obersturmführer ein jüdisches Mädchen für seinen Haushalt angefordert, wäre überaus freundlich zu ihm gewesen, wahrscheinlich zu sehr, denn kurze Zeit darauf wäre es erschossen worden.

Ich war immer noch auf dem »Kriegsweg« und hatte dort einige günstige Tauschstellen. Einmal wurde ich zur SS-Dienststelle abkommandiert. Happy, ein lettischer Jude, brachte mich zu einem Untersturmführer in die Peter-Holm-Straße. Die Wohnung war durch ein Gelage verwüstet, Alkoholdunst schlug mir entgegen. Fenster und Lampen waren zerschossen, auf dem Fußboden überall Scherben und wüstes Durcheinander. Ich suchte nach einem Putzlappen und öffnete einen Schrank: Da standen Platten mit den feinsten belegten Broten, aber mit Schimmel überzogen. Später kam der kleine Führer, er hatte einen Kater. Happy mußte ihm aus der Apotheke Tabletten holen. Mit mir sprach er ganz freundlich und schenkte mir drei Paar Würstchen...

Eine Marschkolonne von 50 Männern ging täglich in die SS-Dienststelle zur Arbeit. Es war ein gefährliches, jedoch einträgliches Kommando. Was scherte uns die Gefahr, unser Gewissen war nicht belastet. Wir lebten eingeengt, aber nicht angstvoll, und entwickelten ob der Bedrängnis ungeahnte Lebenskräfte.

Eines Abends kam das Verhängnis: 18 Uhr — die Kolonne war im Hof der SS-Kaserne zum Abmarsch angetreten, aber plötzlich von SS-Männern umzingelt worden. Jeder einzelne wurde nach verbotenen Sachen kontrolliert — verboten war eigentlich alles, daher warf jeder etwas weg. 14 Leute wurden verhaftet, in der Nacht noch nach Salaspils gebracht und dort erschossen. Dabei waren Happy, unlängst noch mein Begleiter, zwei Knaben und ein Vater von sechs Kindern.

*

Riga ist eine schöne Stadt, sie hat schöne Kirchen, Gebäude und Anlagen. Wir fanden uns im Zentrum nun gut zurecht. Einmal schippten wir auch vor der Oper, es war gerade Probe. Die Musik tönte heraus, wir stützten uns auf die Schippen und lauschten ... fernen Zeiten nach ...

Wir arbeiteten auch in der Hauptstraße — sie hieß nach Deutschlands »Führer« — hinter dem Siegerdenkmal, in dessen Nähe wir uns nicht aufhalten durften. Der Vorarbeiter stand ein wenig abseits auf der sonnigeren Straßenseite und rauchte seine Pfeife. Da stellte ich meine Schaufel in den Schnee, sagte einem Mädchen neben mir, ich käme gleich wieder, und mischte mich, den gelben Stern mit dem Arm verdeckend, unter die zahlreichen Besucher einer nahen Kirche. An eine Säule gelehnt, wanderten meine Augen von den prächtigen Ikonen über dem Altar zu der andächtigen Menge. Ich dachte an die Säulen der Thomaskirche, an denen ich manche Motette lang gelehnt hatte. Erinnerung tröstet, stimmt aber auch weh.

Einmal standen wir zu viert am äußersten Ende der langen Sprenkstraße in ärmlicher Vorstadt. Eine alte lettische Vorarbeiterin hatte uns hergeführt und war dann verschwunden. Nacheinander gingen wir in verschiedene Häuser, um zu tauschen. Endlich war die Reihe an mir; zaghaft klingelte ich im dritten Stock, den Stern wieder verdeckend. Eine Lettin öffnete und fragte nach meinen Wünschen – als ich mich zu erkennen gab, zog sie mich schnell herein und schloß die Tür. Ich mußte ihr viel vom Ghetto berichten, auch ihr Sohn war von den Deutschen gefangengenommen worden. Sie war arm, packte mir trotzdem etwas in meinen Beutel und ließ mich vorsichtig wieder gehen.

*

Endlich wurde es Frühling, der Schnee begann zu schmelzen, die dicken darunterliegenden Eisschichten gaben nach, sie wurden abgetragen und mit Pferdewagen zur Düna befördert. Das Kommando »Kriegsweg« wurde eingestellt. Bäume und Sträucher, die den harten

Winter überdauert hatten, trieben in zartem Grün. Auch wir atmeten froher in der warmen Märzsonne.

Das Ghetto bekam ein freundlicheres Aussehen. Viele legten vor ihrem Haus einen Miniaturgarten an. Hinter dem Lazarett entstand sogar eine Gärtnerei mit Treibhaus; ihre Erzeugnisse waren für die SS-Leute bestimmt. Tante Dora holte sich manchmal von dort Brennesseln und aß sie zu ihrem trockenen Brot. Es wurde auf Ordnung und Reinlichkeit geachtet, damit keine Seuchen entstanden. Höfe und Straßen mußten morgens noch vor Abgang der Kolonnen gekehrt werden.

Von den Wehrmachtssoldaten hörten wir, daß es schlecht stünde um den »Endsieg«, aber der Krieg wütete weiter, immer neue Truppen zogen gen Osten.

Wir waren völlig von unserer Heimat abgeschnitten, durften nicht schreiben und keine Briefe empfangen. Wurde jemand mit Briefen nach Deutschland erwischt, stand ihm eine lange Haft im Zentralgefängnis, manchmal sogar der Tod bevor.

Zwischen Ostern und Pfingsten arbeitete ich in einer holländischen Baufirma als Stenotypistin. Die holländischen Arbeiter hatte man auch mit Versprechungen gelockt, sie waren nun sehr unzufrieden. Sie bekamen keine Arbeitskleidung, ihr Essen war schlecht, der Lohn gering. Uns erwiesen sie viele Freundlichkeiten. Als Helga einmal krank war und nicht mit mir kam, gaben sie mir eine Tasche voll Lebensmittel für sie mit.

Die Bosse waren Nazis. Einer hatte in Kolonial-Indien gelebt und farbige Boys zur Bedienung gehabt. Er kommandierte. Ein anderer Chef hatte seine dichterische Ader entdeckt und wollte, daß ich seine sentimentalen

Weihelieder von Blut und Boden auf Papier brachte. Ich schützte aber stets dringende andere Schreibarbeiten vor. Im Vergleich zu den Arbeitern ging es den beiden Chefs glänzend: Schon freitags warfen sie sich in ihre Galauniformen und fuhren mit dem Auto zum langen Wochenende nach Reval.

Der Reichskommissar im Schloß forderte 50 junge, möglichst nicht jüdisch aussehende Frauen zur Kasernierung nach Riga-Strand an. Die Geschwister Eisen, Helga und ich wurden hierzu eingeteilt. Pfingstdienstag ging es zu Fuß an die Ponton-Brücke, von dort mit dem Schiff nach Bulduri. In der 10. linia, Nr. 48, bezogen wir ein leerstehendes Haus. Inspektor D., ein SA-Mann, beaufsichtigte uns. Er hielt uns in Atem. Das Haus mußte gründlich gesäubert und für kommende Feriengäste des Reichskommissars im Schloß eingerichtet werden. Wochenlang ging es mit Eimer, Scheuerbürste und später auch mit Möbeln treppauf, treppab. Als in Bulduri alles zum Einzug der Gäste bereit war, übersiedelten wir nach Dzintari auf ein anderes Grundstück. Dort sollten später die männlichen Gäste wohnen, während Bulduri zum Damenheim erkoren worden war. Bei guter Laune führte uns D. ans Meer; einmal geschah das um 3 Uhr morgens. Er erklärte die Himmelsrichtungen und zeigte uns durch sein Fernglas die Kriegsschiffe auf hoher See. Wir durften auch baden. Vom Strand holten wir angeschwemmte kleine Baumstämme als Brennholz für die Küche – wir schleppten sie auf unseren Schultern. Doch der Inspektor war nicht immer friedlich. Wegen geringer »Verfehlung« ließ er an einem heißen Julitag eine Frau im Garten eine schwere Walze ziehen. Während wir schon die Kartoffelsuppe löffelten, mußte sie in der Sonne Freiübungen machen, dann wieder walzen. Um 2 Uhr wurde sie ohnmächtig. Da kam er endlich zur Vernunft, »verzieh« ihr und schickte ihr sein eigenes Mittagessen.

In Gesellschaft seines Adjutanten und des lettischen Schutzmanns, der uns nachts bewachen sollte, saß er vormittags meist im Schatten der Bäume, vor sich eine stattliche Reihe von Flaschen. War er betrunken, legte er sich mit Uniform und Stiefeln ins Bett.

Endlich waren beide Heime zum Empfang der Gäste bereit; mit einem großen Fest im Damenheim sollten sie eröffnet werden. H. hatte in Mengen Lebensmittel und Alkohol herbeigeschafft. Wir Scheuerfrauen und Möbelräumerinnen verwandelten uns in Köchinnen und Kellnerinnen. D. befahl uns, den Stern abzunehmen. Die Gäste waren ohne Argwohn, plauderten mit uns, sie waren von diesem Ferienaufenthalt entzückt und gaben reichlich Trinkgeld. Das Fest dauerte die ganze Nacht. Wir bestellten manche Portion Essen, die nicht angefordert worden war, trugen sie in ein leeres Zimmer und aßen hastig.

Auch in der darauffolgenden Woche trugen wir keinen Stern. Das kam Krause zu Ohren: Er sandte M., den Kommandanten von Salaspils, um die Sache zu prüfen. Kaum war dieser in Bulduri angekommen, zog D. ihn in das Zimmer seiner Sekretärin, Fräulein M., und setzte ihn unter Alkohol. Darüber vergaß M. den Zweck seines Besuches. Ohne weitere Nachforschungen angestellt zu haben, fuhr er spät in der Nacht wieder ab. Doch Krause ließ die Sache nicht auf sich beruhen, ein paar Tage später kam er selbst. Wie ein Sturmwind fegte er durch Haus und Garten und teilte Ohrfeigen an die aus, die nicht schnell genug weggelaufen waren. Dann konferierte er mit D.: Von einem jüdischen Schlosser sollten aus Messing kleine Extrasterne ohne die Aufschrift »Jude« für uns angefertigt werden. Wir erhielten auch die Erlaubnis, zwischen 9 und 10 Uhr abends am Strand zu baden.

Die Gäste, Verwaltungsangestellte des Reichskommissars, distanzierten sich sofort, als sie die Sterne an uns sahen. Anders verhielten sich die Soldaten, die wir in den Dünen kennenlernten. In Flieger- und Wehrmachtsheimen verbrachten sie einen kurzen Urlaub, sie mußten anschließend wieder nach Rußland. Helga Eisen und ich befreundeten uns mit einem Flieger und einem Gefreiten. Der Gefreite hatte in Litauen polnische Juden zum Erschießen fahren sollen. Als er sich weigerte, hatte man ihm mit Genickschuß gedroht. Er war einen Transport gefahren, hatte dann aber einen Nervenzusammenbruch erlitten. Nun durfte er den ganzen Sommer in Riga-Strand bleiben, im Gartenhaus einer schönen Villa, in der ab und zu deutsche Generale abstiegen. Er brauchte nur den Garten in Ordnung zu halten. Erich, der Flieger, hatte nur eine Woche Ferien. Beide haßten den Krieg, sie glaubten nicht mehr an einen Sieg. Wir trafen uns eine Woche lang jeden Abend am Strand und gingen spazieren, natürlich ohne Stern, die beiden wußten aber Bescheid. Sie sandten zwei Briefe von uns mit den Absendern ihrer Feldpostnummern an unsere Eltern. Diese kamen an, aber als die Antwort eintraf, waren wir bereits getrennt. Erst ein Jahr später gelang es, Antwort zu erhalten. Sie stammte von meiner Mutter und enthielt die Nachricht vom Tode meines Vaters im Februar 1943.

*

Bei der Auflösung des Schreckenslagers Salaspils war nur noch ein Viertel der Insassen am Leben. Eines Morgens standen 50 bleiche, ausgemergelte Männer im Hofe des Damenheims von Bulduri: Sie sollten sich bei uns erholen. Wir stahlen für sie wie die Raben. Bei jedem Gang in den Vorratskeller verschwanden Brote, Würste, Butter. Suppe erhielten sie mittags mit uns aus der Gulaschkanone. Alles wurde hastig verschlungen, sie sprachen kaum. Nach einer Woche wurde Appell abgehalten: Es zeigte sich, daß nur die Hälfte der Männer arbeitsfähig war, einer war inzwischen gestorben. Sie wurden ins Ghetto zurückgeschickt.

Auch die Zahl der Frauen reduzierte sich. Einige erkrankten, sieben wurden verhaftet. Auch Inspektor D. war eines Tages verschwunden. Ein Kollege hatte ihn wegen seiner Zuneigung zu einer Jüdin denunziert.

K., ein Sachse aus Schkeuditz, vertrat ihn. Im August 1942 waren wir nur noch zwölf und mußten durch doppelte Leistung den Personalmangel ausgleichen. K. war bedeutend strenger. Vor allem kontrollierte er die Lebensmittelvorräte genau und setzte die uns zustehenden Rationen herab.

Seine Frau und sein Sohn kamen aus Schkeuditz zu Besuch, sie lebten prächtig in Saus und Braus — für unsere Suppe ließ er Rhabarberblätter anfahren. Das Brot, das wir erhielten, war oft verschimmelt. Trotzdem gelang es, uns an den für ihn und die Gäste bestimmten Lebensmitteln schadlos zu halten.

H., der Adjutant, schaffte die Vorräte heran. Die Gäste gaben zwar Marken ab, aber die Abrechnung stimmte nie, und H. kaufte viel auf dem schwarzen Markt. Wenn er nüchtern war, scherzte er mit uns und verteilte Zigaretten und Bonbons, aber fast jeden Abend betrank er sich, dann hieß es achtgeben.

Einmal rief er kurz vor Mitternacht den lettischen Schutzmann und befahl ihm, alle Jüdinnen in den Parterre-Räumen der Unterkunft zu erschießen, er selbst wolle dies im ersten Stock besorgen. Schon fuchtelte er mit seinem Revolver herum und wollte die Treppe hinaufsteigen. Da warf sich die Verlobte des Schutzmanns ihm in den Weg und brachte ihn auf andere Gedanken.

An einem Sonntagabend, als sich die letzten Gäste gegen 23 Uhr entfernt hatten und Helga und ich die Tische in Ordnung brachten, kam er wieder völlig betrunken an. Wir beeilten uns, fertig zu werden. H. zog sein Hemd aus und schrie: »So, jetzt wird Rassenschande gemacht!« Mit knapper Not erreichten wir die Tür, er warf wütend zwei Stühle hinter uns her und verwüstete das Zimmer so, daß wir fürchteten, von K. deswegen zur Rechenschaft gezogen zu werden. An einem Abend zerschlug H. auf dem Kopf eines Sommergastes eine Bierflasche. Danach verschwand er für einige Zeit.

*

Meine Schwester Helga mußte für die Sekretärin, Fräulein M. aus Zeitz, Kleider nähen. Diese stattete sich völlig neu aus, sie konnte nicht genug kriegen.

Im September ging die Saison zu Ende, unsere Kasernierung am Strand auch. Trotz vieler Arbeit und Aufregungen hatte der Aufenthalt in dem herrlichen Seeklima uns neue Kräfte verschafft. Als der Lkw, auf dem wir ins Ghetto zurückfuhren, das Prager Tor passierte, wurde er vor die Kommandantur beordert. Der Kommandant selbst empfing uns. Er äußerte den Verdacht, daß wir im Besitz von Geld seien, und ordnete Leibesvisitation an, die er selbst vornahm. In Wirklichkeit wollte er sich an den jungen Mädchen ergötzen. Das verdiente Trinkgeld hatten wir längst ausgegeben oder dem jüdischen Elektriker, der nicht kontrolliert wurde, zur Aufbewahrung überbracht. Obwohl die Leibesvisitationen bei allen erfolglos verliefen, wurden Irmgard und ich von Krause aufgefordert, am nächsten Tag bei ihm in der Kommandantur zu erscheinen. Es war bekannt, daß er sich über die Rassenparagraphen hinwegsetzte. Mir tat er nichts, ich war zu harmlos. Irmgard blieb zwei Tage und zwei Nächte weg.

Unsere alte Wohnung war von dem Ghettopolizisten K. und seiner Familie belegt worden. Tante Dora und Ilbergs — Ernst war lebend aus Salaspils zurückgekehrt — hatten umziehen müssen. Wir vier »Strandmädchen«, wie wir fortan hießen, bekamen ein schmales langes Zimmer und einen fast ebenso großen Abstellraum, in dem sich eine Handwäscherolle befand und von dem aus man einen Holzboden ersteigen konnte — auch die Wände waren aus Holz —, zugeteilt. Die Wohnungseinrichtung mußten wir organisieren, ein Kommando in der Geschirrkammer im Innendienst verhalf uns dazu. Das Häuschen, in dem wir wohnten, lag in der Nähe der Kommandantur.

Eines Morgens wurden wir sehr früh aus dem Schlaf gerissen. Auf dem Hof der Kommandantur erteilte eine scharfe Stimme Befehle − Krause. Mit einem Satz waren wir am Fenster, prallten aber zurück. Ein SS-Posten mit aufgepflanztem Gewehr stand davor und schaute zu uns herein. Für die frühen Außenkommandos war es Zeit zum Antreten. Lautlos schlichen die Menschen durch unseren kleinen Hof; der größere Durchgang durch den Hof der Kommandantur war schon seit dem vorangegangenen Nachmittag gesperrt. Dort zogen lettische Arbeitskommandos ein, sie wurden vorgeführt, von SS-Männern durchsucht; Ghettopolizisten mußten helfen. Die Kontrolle ergab nichts, die Kommandos wurden zur Arbeit entlassen.

Währenddessen hatte man den Ältesten des Lettenghettos, den für den Arbeitseinsatz Verantwortlichen und sämtliche lettischen Ghettopolizisten vorgeführt und an die Mauer gestellt. Der Hof der Kommandantur füllte sich mit hohen Offizieren: Der gefürchtete Major Lange und M. waren zu sehen. Krause schrie: »Arbeitseinsatz und Ältestenrat heraustreten!« Als sie abgeführt worden waren, mußten die Polizisten durch den großen Durchgang des Sachsenhauses Richtung Blechplatz gehen, die SS-Leute folgten. Minuten später hörten wir das Krachen von Maschinengewehren, es gab keinen Zweifel…

Bei einer Kontrolle im lettischen Ghetto hatte die SS einen Geheimgang, angefüllt mit Waffen und Munition, entdeckt. In den Häusern der Polizisten fand man eben-

50

falls Pistolen. Nach diesem Fund sollten sie ohne Aufschub am nächsten Morgen liquidiert werden. Sie wußten genau, was ihnen bevorstand, als sie in Sechserreihen den Durchgang passierten. Einer gab das Signal, da sprengten sie in verschiedene Richtungen auseinander. Während des Maschinengewehrfeuers suchten sie sich in den umliegenden Häusern und Kellern zu verstecken. Eine Horde von SS-Männern stürzte ihnen nach und begann, die Häuser zu durchsuchen. Das Ghetto war inzwischen von Panzern umstellt. Gewehre knatterten, Fenster splitterten, Türen wurden eingerannt, Flüchtende niedergeschlagen. Dabei kam auch ein SS-Mann um.

Im Kasseler Hof sortierten einige Leute im Keller Kartoffeln. Plötzlich stürzte ein Mann durch die Luke und flehte um ein Versteck. Sie packten ihn in einen Sack und stellten ihn in die dunkelste Ecke, warfen leere Säcke über ihn. Schon zeigten sich die Verfolger in der Luke: »Gebt ihn heraus!«

»Hier ist niemand hereingekommen«, sagten die Leute. Sie bekamen fünf Minuten Zeit. »Wenn ihr ihn dann nicht herausgebt, seid ihr alle dran.« Walter Rosenhain, ein schwächlicher Achtzehnjähriger, dem nach dem Aufenthalt in Salaspils alle Zehen hatten amputiert werden müssen, berichtete mir. Er war unter den sechsen gewesen, die den Unglücklichen im Sack schließlich auslieferten.

Die meisten Leichen der Polizisten waren zerfetzt, zerstückelt, unkenntlich gemacht worden. 42 blühende Jünglinge, Stolz und Elite des Ghettos, die Söhne, waren dahin. Ein einziger hat sich retten können. Er nahm einen anderen Namen an.

Als das Blutbad vorüber war, sammelten die SS-Leute sich wieder im Hof der Kommandantur. Wir sahen von unserem Fenster aus, wie sie große Feldflaschen herumreichten und sich die Hände rieben. Eine halbe Stunde später fuhren sie ab. Die Panzer blieben bis zum Abend.

*

Weihnachten 1942. Wir hatten einen kleinen Tannenbaum erstehen können. Bei Kerzenlicht lasen wir Andersens Märchen vor. Tante Dora kam herüber, sie hatte für jeden eine Papierpuppe und einen kleinen Vers. Als Zuteilung gab es nicht mehr einwandfreies Hühnerfleisch. Man sagte, es wäre vom schwedischen Roten Kreuz geschickt worden, andere behaupteten, dies wäre unsere Henkersmahlzeit.

Krause fuhr nach Weihnachten nach Polen und kam nicht zurück. Vorher lieferte er noch fünf junge Leute dem Tode aus, die im Heeresverpflegungsmagazin (HVM) ein paar Hühner gestohlen hatten. Nach ungewöhnlich langer Haft von 14 Tagen glaubten wir sie schon gerettet. Wir gingen manchmal am Bunker vorbei und riefen ihnen ein tröstendes Wort zu. Eines Morgens waren sie fort, Krause hatte gut gezielt. Der Jüngste war 17 gewesen.

Wurde im Ghetto jemand aufgehängt, mußten die Kolonnen am Abend den Galgen passieren, SS-Posten paßten auf, daß keiner den Kopf abwandte.

Krause stammte aus Breslau, er war Kriminalbeamter

gewesen. R. kam aus Wien, von Beruf soll er Rechtsanwalt gewesen sein. Er war weniger betriebsam als Krause, doch nicht minder gefährlich. Da er kein zielsicherer Schütze war – stets mußte er dreimal abdrücken, bis er sein Opfer erledigte –, überbrachte er die Gefangenen nach langen Verhören meist in das Zentralgefängnis nach Riga. Viele gingen dort an den Entbehrungen zugrunde. Diejenigen, die zurückkamen, sprachen kein Wort, einer Anweisung gemäß, die sie hatten unterschreiben müssen.

Die lettischen Frauen wurden streng von den lettischen Männern geschieden, während die deutschen, österreichischen und tschechischen Familien in Gemeinschaft lebten. Eheschließungen waren nicht gestattet. Viele junge Leute fanden sich trotzdem zusammen und lebten in »Ghettoehe«. Bekam eine Frau ein Kind, mußte sie sich zu einem Eingriff ins Lazarett begeben. Einer Lettin gelang es, ihren Zustand zu verbergen und ihr Kind zur Welt zu bringen. Nach drei Tagen wußte der Kommandant davon und holte es ab.

Die Kinder, die die furchtbare erste Zeit lebend überstanden hatten, gediehen gut. Jeder steckte ihnen Lebensmittel zu. Sie waren so anmutig, daß sie selbst die Herzen der SS-Posten erweichten und von diesen beschenkt wurden. Kahle Höfe waren ihre Spielplätze. Später wurden auch Schulen eingerichtet, doch es fehlte an Lehrern und Büchern.

*

Im Januar 1943 ging ich wieder auf Außenkommando. Beim HVM (Heeres-Verpflegungs-Magazin) half ich, Waggons mit Kartoffeln auszuladen und in einem kalten Keller Kraut zum Einlegen in Fässer zu schneiden. Jeden Abend brachte ich eine Tasche voll Kartoffeln nach Hause.

Danach wurde ich ein paar Wochen in der Schneiderwerkstatt eines Konfektionsgeschäftes in der Christian Baron-iela eingesetzt. Wegen Materialmangels wurde meine Arbeit dort aber bald überflüssig, und so teilte mich Herr S. der Marineverpflegung zu. Der Name klang verheißungsvoll, leider steckte nichts dahinter. Die Marinestation lag wie das HVM am Exporthafen. Auch dort standen wir den ganzen Tag im Keller und sortierten Kartoffeln. Russen beaufsichtigten uns, sie gönnten uns nicht einmal die erfrorenen Möhren in der Kellerecke. Auch beim HVM hatten wir mit russischen Gefangenen gearbeitet; sie waren körperlich in so elendem Zustand, daß sie die Säcke nur mit größter Anstrengung tragen konnten. Sie bissen in die rohen Kartoffeln, als wären es Äpfel.

Aber diese Russen schmeichelten sich bei den Marineleuten ein. Abends tastete eine mürrische Alte uns ab. Fand sie versteckte Kartoffeln, so setzte es Schläge und wurde an den Marinefeldwebel S. gemeldet. Dieser meldete es der Ghettokommandantur. Er stellte sich dann vor die abfahrbereite Kolonne − wegen der elf Kilometer Entfernung wurden wir mit einem Lkw befördert − und sagte in schauderhaftem Sächsisch und grinsend: »Na, da gennt er mal widder loofen!« Dadurch trafen wir abends spät und total erschöpft im Ghetto ein. Oft war der Lkw, der uns fuhr, auch kaputt, die Marineverwaltung hatte es mit der Reparatur nicht eilig.

Mittags erhielten wir dort einen Brei aus muffiger, in Wasser gekochter Grütze ohne Salz. Drei Tage rührte ich ihn nicht an, schließlich zwang mich der Hunger, den »Muff-Puff«, wie wir ihn nannten, doch zu essen. Zu unserer Verköstigung waren alte Bestände aufgekauft worden.

Der Weg zur Toilette führte über den Hof und wurde vom Verwaltungsgebäude aus streng beobachtet. Feldwebel S. regte sich über das Kommen und Gehen auf: »Ihr freßt immer noch zuviel, wenn ihr soviel sch... müßt. Ich werde euch eine Stange machen lassen, darauf könnt ihr dann sitzen und sch... wie die Spatzen.«

Wir wurden alle fußkrank. Auch meine Fußgelenke waren abends dick geschwollen und schmerzten. Eines Morgens knickte ich mit dem rechten Fuß um, hielt aber bis zum Abend durch. Am anderen Tage konnte ich nicht auftreten und mußte zu Hause bleiben. Dadurch gelang es mir, das Kommando zu quittieren.

Als ich wieder gesund war, kam ich zum Heereskraftfahrpark (HKP). Dort waren bereits 220 Kasernierte und eine Marschkolonne von 50 Leuten beschäftigt. Ich hatte eine Offizierswohnung instand zu halten. Der Bursche des Offiziers verargte mir, daß ich während des Fensterputzens das Radio anstellte, ich wurde darauf in die Unterkünfte versetzt. Im Ghetto hatte ich eine Ausgabe des »Faust« gefunden, die nahm ich mit auf die Arbeitsstelle und las während einer Pause darin. Unteroffizier E. nahm sie mir weg. Am nächsten Tag fragte er mich, ob ich wüßte, wie der Osterspaziergang anfinge. »Ja«, sagte ich. »Dann sag ihn mir auf!« Aber ich wollte nicht. Er fing immer wieder davon an. Schließlich versprach er, mir das Buch zurückzugeben, wenn ich ihm den Anfang des Osterspaziergangs aufsagen würde. Darauf ging ich ein, und er hielt Wort.

*

Im Sommer 1943 wurden Arbeitskräfte aus dem Ghetto zur Arbeit im Torf verschickt. Wir vier blieben zunächst davon verschont, da Krause den Strandmädchen, wie wir genannt wurden, günstig gesinnt gewesen war und angeordnet hatte, wir dürften nicht wieder kaserniert werden. Im Juli fuhren wir dann aber doch mit 21 anderen nach Skrunda (Skrunden), unweit von Libau. Mitten im Wald standen die Wohnbaracken, mit Stacheldraht umzäunt, davor ein lettischer Wachtposten. Seit April hausten dort schon 50 junge lettische Juden. Nur zur Arbeit verließen wir den Bereich des Stacheldrahts oder zum Wasserholen an einer Pumpe im Wald. Das geschah mit Hilfe einer großen Tonne, die auf einer Gleislore gezogen wurde. Um 5 Uhr morgens standen wir bereits auf den Torffeldern, schichteten Häschen, fest, aber doch luftig genug, damit der Wind durchblasen und trocknen konnte. Die Norm – das Stück Feld, das wir im Tagesdurchschnitt zu bearbeiten hatten – war groß. Das dauernde Bücken fiel uns am Anfang schwer, dann gewöhnten wir uns daran, allerdings nur die Kräftigeren. Wir arbeiteten im Akkord. Einige schafften es nicht, stillschweigend machten wir ihre Arbeit mit. Eine alte, nicht sehr freundliche Lettin beaufsichtigte uns. Sie war darauf versessen, unbedingt die Norm zu erreichen, um bei ihrem Inspektor Lob zu ernten. Ruhten wir uns ihrer Meinung nach zu lange aus, so zischte sie »Auxa, auxa« (auf, aufstehen), und wir mußten uns erheben. Im August stach die Sonne heiß herunter. Unseren Durst stillten wir aus Wassereimern, die wir von der Pumpe herbeischleppten. Gelegentlich konnten wir im nahen Flüßchen baden. Das Essen war miserabel. Zwar wollte man uns bei Kräften erhalten, die Arbeit war schwer, aber kosten durfte es nichts. Aus Rinderköpfen bestand das Fleisch in der Suppe; große Stükke davon, manchmal mit Kieferzacken, schwammen in der dunkelgrauen Brühe; in der Hitze erregten sie besonderen Widerwillen.

Nach Arbeitsschluß am späten Nachmittag hockten wir im Gras vor den Baracken. Ein junger Österreicher blies Mundharmonika, wir sangen alte, vertraute Lieder. Drei Bücher gingen von Hand zu Hand.

Nach drei Wochen Arbeit in völliger Abgeschiedenheit kam aus dem Ghetto Verstärkung: Zehn Männer, zehn Frauen. Sie brachten Briefe mit und eine Nachricht, die alle anging: Das Ghetto wurde aufgelöst. Die noch lebenden Juden kamen in den Kaiserwald, wo S. sein Schreckensregiment führte. Um dem zu entgehen, drängten sich alle in auswärtige Kasernierungen, wie Skrunda eine war. Obgleich das Kommando nur bis in den Herbst hinein dauern konnte, hofften viele auf eine Änderung während dieser Zeit. Die Nachricht vom Verschwinden Mussolinis war durchgesickert.

Über das KZ Kaiserwald erfuhren wir, daß die meisten der übriggebliebenen alten Leute dort schwer erkrankt waren und »zur Behandlung« ins Ghettolazarett zurückgeschickt wurden. Dort verblieben sie nicht lange — Lkws standen bereit zur letzten Fahrt.

Die Ankömmlinge im Kaiserwald mußten sich vor den Baracken nackt ausziehen, dann in den Duschraum gehen, während SS-Männer sich an ihrem Anblick weideten. Danach wurden ihnen Lumpen vorgeworfen: den Großen und Kräftigen kurze und enge Kleidung, den Kleinen und Schmächtigen die langen und weiten Sachen. Die Haare wurden abrasiert. Die Baracken waren voller Läuse und Wanzen, die Verpflegung war unzureichend wie zur Zeit unserer Ankunft im Ghetto. Auch vom Kaiserwald wurden Kolonnen zur Arbeit ausgeschickt, aber nicht mehr in den gewohnten Marschkommandos, die Bevölkerung sollte den lumpigen Aufzug nicht mitbekommen. Die Lageraufseher waren kriminelle Sträflinge aus Zuchthäusern und Konzentrationslagern in Deutschland, Raubmörder und Totschläger, die schon zehn Jahre und länger gefangengehalten und nun auf uns losgelassen wurden, mit allen Rechten der Aufsicht und Bestrafung. Morgens und abends wurden Appelle gehalten, die oft stundenlang dauerten. Abends mußten die Männer noch im Lager arbeiten, wobei es von seiten der Kriminellen Fußtritte und Prügel gab. Für die Männer war es die wahre Hölle, die Frauen wurden nach den Appellen in Ruhe gelassen. Wer Glück hatte, kam nach ein paar Wochen weiter zur Kasernierung.

Obersturmführer S., ehemaliger Kommandant von Dachau, hatte jetzt — im Herbst 1943 — das Oberkommando über sämtliche jüdische Lager und Kasernierungen. Nur »Lenta«, eine Kasernierung von jüdischen Handwerkern, und der Heereskraftfahrpark (HKP) unterstanden ihm nicht. Dort durften aber nicht mehr als je 600 Häftlinge beschäftigt sein.

✳

Nach fünfwöchigem Aufenthalt in Skrunda wurden Helga und ich durch die Vermittlung von zwei Ghettopolizisten vom Arbeitseinsatz des Ghettos zurückbeordert. Der Direktor der Torfanlagen riet uns, wegen der vielen Gerüchte über das Rigaer Ghetto, in Skrunda zu bleiben, aber wir wollten zurück nach Riga. Mit einem alten Lkw und einer Höchstgeschwindigkeit von 40 Stundenkilometern ging die Fahrt über Frauenburg, Goldingen, Mitau nach Riga. Ein junges Mädchen fuhr mit uns, die ihre Norm nie hatte leisten können, weil sie aus religiösen Gründen die Lagersuppe nicht aß und es ihr auch nicht gelang, entsprechende andere Nahrung für sich zu beschaffen. Wir hatten uns bemüht, sie davon zu überzeugen, daß es in einer Situation wie der unsrigen doch nur auf das Durchhalten und Überleben ankäme, aber alle Vorhaltungen waren an ihr abgeglitten. Sie war natürlich mehr und mehr von Kräften gekommen und wurde nun von der Direktion arbeitsunfähig zurückgeschickt.

Als wir um 10 Uhr abends das Ghetto erreichten, war es menschenleer. Nach einer Woche Rast im kleinen Sachsenhaus mit der Wäscherolle fuhren Helga und ich nach Lenta. Unsere beiden Freunde waren schon dort und hatten uns angefordert. »Lenta« war das beste Kommando, das wir je hatten. Die Arbeit in der Schneiderei war relativ leicht und sauber, die Verpflegung die von »Kriegsgefangenen in schwerstem Kriegseinsatz«. In den Unterkünften standen richtige Betten, es gab einen Duschraum. Obersturmführer Sch., vor zwei Jahren noch einfacher Judenabholer, hatte diese Vergünstigungen erwirkt. Juden hatten die Pläne zur Errichtung einer Fabrik, in der nur handwerklich ausgebildete Leute arbeiten sollten, entworfen. Das Vorhaben konnte verwirklicht werden. Sch. wurde Direktor der Fabrik und zum Obersturmführer befördert. Den Juden Rudolf, mit dem er eng zusammenarbeitete, machte er zum »Ehrenarier«. Rudolf konnte wie ein freier Mann leben und hatte in dem Unternehmen eine führende Stellung. Von seiner jüdischen Frau mußte er sich offiziell trennen. Sie war wie Rudolfs Vater und Bruder einfacher Häftling in Lenta, wo allerdings alle Vergünstigungen genossen. Als die Situation beim Nahen der Russen kritisch wurde, setzte sich Rudolf mit 50 anderen in letzter Minute ab, während die Häftlinge nach Stutthof verschickt wurden. Sch. gab sich nach der Kapitulation als Jude zu erkennen. Durch geschickte Tarnung war es ihm geglückt, hohe Dienststellen des Naziregimes zu täuschen und viel Gutes zu tun. Er starb als angesehener Landrat in Oberbayern Ende der fünfziger Jahre.

In »Lenta« war es erträglich. Letten warfen Lebensmittelpakete über die Mauer und verhandelten mit den jüdischen Polizisten am Tor. Wenn Sch. nach Paris oder anderswohin gereist war, rollten eine Woche später Waggons mit Champagner, Seife, Eau de Cologne an, die unsere Männer ausladen mußten. Der Inhalt war für die SS-Offiziere bestimmt, es fiel aber manches für uns ab.

Es wurde sehr eintönig. Wir hatten keinen Auslauf. Einmal um die Fabrik herum – dieser Spaziergang im Hof dauerte keine fünf Minuten. Zum Garten und zu den Weiden hatten nur die dafür eingeteilten Arbeiter Zutritt. Die jüdischen Männer arbeiteten als Autoschlosser, Kürschner, Schneider, die Frauen als Schneiderinnen, einige in der Küche. Meine Schwester Helga arbeitete sehr bald privat für die Frauen der SS-Offiziere. Da sie sehr geschickt war, erfreute sie sich großer Beliebtheit. Ich dagegen mußte mir große Mühe geben, als ungelernte Kraft nicht aufzufallen.

Da »Lenta« als beste Kasernierung galt, versuchten alle noch im Ghetto Verbliebenen dorthin zu kommen. So betrug die Zahl der Beschäftigten eines Tages 750, es waren gleich mir viele darunter, die nicht oft im Leben eine Nadel in der Hand gehabt hatten. Da aber regte sich Kommandant S.: Er drohte, »Lenta« in ein KZ umzuwandeln, wenn nicht 250 Leute abgestoßen würden.

Jeder wurde unter die Lupe genommen und durchleuchtet. Die handwerklich nicht Ausgebildeten mußten zurück ins Ghetto und von dort in den Kaiserwald. Ich war unter ihnen, es half weder Bitten noch Flehen. Der Abschied von Helga war schwer. Sie wollte mit mir gehen, aber ich meinte, dieses Opfer nicht annehmen zu können.

*

Die Abgeschobenen sollten nur drei Tage im Ghetto

bleiben, alsdann geschlossen in den Kaiserwald transportiert werden. Da erwachte Trotz in mir. Ich wollte nicht in den Kaiserwald, wußte aber, daß man nur bei schwerer Erkrankung für eine Zeitlang zurückgestellt wurde, da im Kaiserwald kein Platz für kranke Menschen war, ja, es überhaupt keine Krankenstube gab. Doch nur wenn man 38°C Fieber hatte, wurde man krankgeschrieben. Ich besprach die Sache mit Egon Hamburger, dem Leiter des Gewerbebetriebes, einem Innenkommando, in dem Uniformen und Pelze ausgebessert wurden. Er versprach, mir zu helfen, und ich erhielt zwei Injektionen von einem befreundeten Arzt zwecks Erhöhung der Temperatur. In letzter Minute trat ich am anderen Morgen mit 38 °C Grad Fieber vor Dr. A. und bat um Rückstellung vom Transport. Zunächst äußerte er Bedenken, dies hätte 24 Stunden zuvor geschehen müssen, dann aber vermittelte der Ältestenrat der Sachsengruppe, Herr Samuel, so daß ich schließlich krankgeschrieben und vom Transport befreit wurde.

Anschließend mimte ich zwei Wochen die Kranke, um keinen Verdacht zu erregen. Ich siedelte zu Frau Ilberg über, die mich pflegte, manchmal kam Egon Hamburger zu Besuch, dann mußten wir trotz allem über die Geschichte lachen.

Auch Ernst Ilberg arbeitete als gelernter Kürschner im Gewerbebetrieb, ebenso Tante Dora, sie stopfte. Ich beschloß, mich dort um eine Stelle zu bewerben. Da hieß es plötzlich, der Gewerbebetrieb zöge um nach Straßdenhof; der Transport ging nicht über den Kaiserwald, da beim Verladen der Maschinen viele Arbeitskräfte gebraucht wurden. Ich war vor die Entscheidung gestellt, einfach mitzufahren oder später allein in den Kaiserwald zu kommen. Schon waren Frau Hansen, Frau Ilberg und auch Egon Hamburger auf Lkws abgefahren, nur Ernst war noch mit dem Aufladen von Gepäck beschäftigt. Wir beratschlagten, denn ich brauchte eine Genehmigung. Ernst stürzte fort zu dem für diese Abteilung des Generalkommissariats zuständigen Herrn R. Nach fünf Minuten kam er wieder: »R. will dich sehen! Ich habe gesagt, du seist meine Braut und gelernte Kürschnerin.«

Ich stand vor einem riesigen schlanken Mann, der mich musterte: »Welcher Beruf?« fragte er. »Kürschnerin«, antwortete ich. Er: »Handgepäck fertig?« Ich: »Jawohl.« »Gut, dann fahren Sie jetzt mit!« entschloß er sich und stoppte einen mit Gepäckstücken beladenen Lkw, der gerade losfahren wollte. Wie der Wind sauste ich in die Wohnung, ergriff die gepackte Bettrolle, eine Tasche, warf einen Mantel über und stürzte zurück. Vier Ghettopolizisten hoben mich auf den Wagen, Ernst saß schon oben. Wir haben die Fahrt über gesungen, später nicht mehr ...

*

Straßdenhof ist ein kleines Dorf, 13 Kilometer von Riga entfernt am Flüßchen Jugla gelegen. Hauptsächlich Arbeiter wohnten dort, um in den Textilfabriken und Färbereien ihr Brot zu verdienen.

Fabrikarbeit war auch uns bestimmt, nachdem die eingeborenen Letten nach und nach zum Schanzen oder zur

Wehrmacht eingezogen worden waren. Die deutsche Besetzung hatte ihnen Ausbeutung und längere Arbeitszeiten beschert, nur wenige waren bereit, freiwillig mit den Nazis zu gehen.

Wir wohnten in einer ehemaligen Fabrik. Vor dem Ersten Weltkrieg hatte sie ein Engländer gebaut, auch die Direktoren waren in England ausgebildet worden. Wir bezogen die hinteren Fabriksäle als Massenquartiere, in den vorderen Räumen wurden Arbeitsaufenthaltsräume für den Gewerbebetrieb und eine Kabelfabrik der Wehrmacht eingerichtet. Auf dem hohen Fahnenmast wurde ein Schild befestigt: Du arbeitest nicht, um zu leben, sondern du lebst, um zu arbeiten. SS-Posten hielten Wache vor einer mittelhohen Mauer. Vor dem Tor wurde ein Schlagbaum angebracht, um die ein- und ausmarschierenden Kolonnen zu kontrollieren. Damit war das KZ fertig.

Bei einbrechender Dunkelheit hielt der Lkw vor dem Tor. Wir sahen, wie Häftlinge auf der Erde liegende Gegenstände in einen Sack sammelten. Leise fragten wir, was hier vorgehe. »Das seht ihr uns doch an«, erwiderten sie, »sie nehmen alles weg. Nichts zu essen. Aber Schläge.« Sie sahen zerlumpt und elend aus. Mit meinem wenigen Gepäck trat ich in den Hof. Über tausend Menschen standen dort zum Appell. Ein Mann in weißem Rollkragenpullover und Reitstiefeln befahl den Neuen, alles Gepäck in einen Schuppen zu legen und mit anzutreten.

Nach dem Appell ging es in die Unterkunft im dritten Stock, dritter Block genannt. Dreifach übereinander waren die Betten aufgeschlagen, eine doppelte Reihe von zehn solchen Kojen stand da, nur durch einen schmalen

Gang getrennt von den nächsten 60 Bettplätzen. 300 Holzpritschen gab es im Block, aber 500 Frauen brauchten Platz zum Schlafen. Die 19jährige Polin Jenny, Medizinstudentin aus Warschau, jetzt Blockälteste, versuchte, sich durch Gesten verständlich zu machen und Ordnung zu schaffen. Später lernte sie gut Deutsch. Die maßlos erschreckten und aufgeregten Frauen konnten sich nicht schnell genug den neuen Verhältnissen anpassen, es gab Stöße, Püffe und manchen Krach, bis alle in den Kojen untergekommen waren. In der Nacht der Ankunft machte keiner ein Auge zu; Raunen, Weinen und Zetern der verstörten Frauen wogten im Dunkeln wie das Summen eines riesenhaften Bienenschwarms.

Am nächsten Morgen sah ich mich nach einer Waschgelegenheit um, entdeckte aber nur auf dem Hof den dünnen Strahl einer Wasserleitung, die bereits von Männern umlagert war. Immerhin gelang es, bis zum Appell um 6 Uhr Gesicht und Hände zu waschen. Dann wurden die Maschinen des Gewerbebetriebs, die dem Generalkommissar gehörten, in einen Saal geräumt, der hell und sonnig war, mit Aussicht auf die Jugla und auf am Ufer stehende schmucke Häuser, weiter oben hügelige Waldkämme...

R. hatte seinen Besuch für 11 Uhr angesagt. Mit der Einrichtung waren wir inzwischen fertig, aber alles Zubehör wie Spulen, Fäden und Nadeln fehlte noch. Bei R.s Erscheinen setzten sich trotzdem alle Maschinen in Bewegung, wir bedienten die Tretvorrichtungen und zogen die Uniformen auf der Tischplatte einfach durch. Es wurde ohne Nadel und Garn genäht – R. ging durch, bemerkte es nicht oder tat so, als ob er es nicht bemerkte.

Der Ansturm auf die Suppenkessel mittags zwischen 12 und 2 Uhr war heftig. Es dauerte lange, bis jeder seinen Schlag erhielt, einige gingen leer aus. Um 5 Uhr war Arbeitsschluß, um 6 Uhr wieder Appell. Das Innenkommando des Generalkommissars nahm als erstes im Hof Aufstellung. Dann kamen die Außenkommandos: junge Polenmädchen aus der Seiden- und der Jugla-Fabrik. Nach einer Weile die Marschkolonne der Männer, dürr, ungepflegt, mit langen Bärten, in schmutzige Lumpen gehüllt, die Rücken mit weißen Kreuzen und Kreisen beschmiert, die Hosen mit Streifen bemalt, an den Füßen ausgetretene Latschen oder Holzpantinen. Nach Kommando mußten sie singen: »O du schönes Sauerland – du bist uns wohlbekannt«...; dann mußten sie in Laufschritt übergehen, da sie als letztes Kommando eintrafen.

Unterscharführer D., der Uscha, nahm den Appell ab. Er war groß und stattlich und hatte ein rotes Bulldoggengesicht, das, wenn er schrie oder in Wut geriet, blau wurde.

Hans, der Lägerälteste, war ein krimineller Sträfling. In Deutschland hatte er neun Jahre in verschiedenen Lagern verbracht. Seine dort gesammelten Erfahrungen brachte er jetzt mit ein. Sein Ton war rauh, er kam leicht aus der Fassung und geriet dann in Wut. Folgte man seinen Anordnungen, hatte man nichts zu befürchten.

In der Küche arbeiteten Juden, ebenfalls in der Kleiderkammer. Wie die Blockältesten und Vorarbeiter hatten sie manche Vergünstigungen. Aus der Kleiderkammer war nichts zu bekommen. Die Bestände wurden auf den Außenkommandos in Butter und Speck umgesetzt, wer diesen Lohn erhielt, weiß ich nicht.

Herr Hamburger und Herr Mildenberg blieben die Leiter des Gewerbebetriebes beim Reichskommissar.

*

In dem großen Fabriksaal richteten wir uns so gut wie möglich ein. 500 Menschen, die Tag und Nacht zusammen waren, wurden sich gegenseitig lästig, aber es mußte sein. Wir saßen wenigstens im Warmen. Die Frauen über 70 saßen in einer Dachstube, Stopferei genannt, wo sie für die Wehrmacht Socken und Handschuhe stopften. Die verhutzelten, unterernährten Weiblein, in zerlumpter Kleidung über ihre Arbeit gebeugt, boten ein geisterhaftes Bild. Aber sie schafften noch allerhand und waren auf ihre Weise fleißig und tapfer. In der Dachstube waren sie tagsüber dem Blickfeld der SS-Leute entzogen.

Eine Woche nach der Ankunft gab es mittags nur noch blau-schwarze Brühe mit vereinzelten Erbsen und Kartoffelstückchen. Die Kartoffelzuteilung war aufgebraucht, sie hatte gerade sechs Tage gereicht. Und so ging es jeden Monat.

Abends erhielten neun Personen zwei Kommißbrote, dazu je 15 Gramm Margarine oder Ochsentalg, einen Löffel Zucker oder Marmelade, sonntags eine Scheibe Wurst. Die Männer, die schon drei Monate auf diese Rationen angewiesen waren, glichen mehr den Toten als den Lebenden. Walter Rosenhain aus meiner Gruppe, den ich hier wiedertraf, hätte ich fast nicht erkannt. Ehe wir ankamen, hatten die Männer auf den feuchten Holzdielen schlafen müssen. Auch als die Pritschen endlich fertiggestellt waren, starben viele.

Wohin man blickte, an wen man sich auch wandte – überall Grauen und Elend. Die Gewißheit wuchs, daß wir in langen Tagen und Nächten zugrunde gerichtet werden würden. Es war unmöglich, sich abzusondern, für kurze Zeit ein anderes Milieu aufzusuchen. Selbst gepeinigt, fand man sich inmitten unglücklicher zerrütteter Menschen, 2000 waren auf Gedeih und Verderben zusammengepfercht in diesem Lager. Hunger, Kummer und Elend drohten den Rest der Menschenwürde zunichte zu machen und uns zum Wahnsinn zu treiben.

Die besten Minuten des Tages waren morgens nach dem Appell, wenn wir wartend vor dem Fabrikeingang standen, während die Sonne hoch über dem Wald aufging und ihre Strahlen zu uns sandte. Ein paar Kameradinnen und ich zögerten diesen Anblick voller Trost solange wie möglich hinaus und gingen meist als letzte die Treppe zum Saal hinauf.

Straßdenhof lag isoliert. Einmal wöchentlich kamen Autos der ABA (Armeebekleidung), um ausgebesserte Uniformen abzuholen und die zerissenen von der Front zum Flicken abzuliefern.

Anfangs steckten die Soldaten uns Briefe und Päckchen von den bei der ABA Kasernierten, die es besser hatten, zu. Die Wehrmacht setzte sich für menschliche Lebensbedingungen ihrer Kasernierten ein. Aber die SS-Posten kamen dahinter und unterbanden jeden Kontakt. Die in den Wehrmachtsautos mitfahrenden Juden mußten vor dem Tor warten, bis alles abgeliefert war. Manche von uns kletterten aufs Dach und verständigten sich dort mit ihnen durch Zeichensprache. Durch die Leute der ABA erfuhren wir von der Aktion im Ghetto kurz nach unserer Abfahrt, zu der Krause plötzlich wieder aufgetaucht war. Ob jung, alt, krank oder gesund, wahllos waren tausend Menschen herausgegriffen und auf Lkws verladen worden. Als Fahrtziel war Thorn angegeben worden, auch war die alte Leier wieder bemüht worden, »die Leute sollten es sehr gut haben...«.

Unter den vielen neuen Gesichtern in unserem Block fesselte mich eines Abends das einer etwa dreißigjährigen Frau. Sie saß allein auf einer Holzbank und schien mit den Gedanken weit weg zu sein. Als sie aufstand, zog sie das rechte Bein nach. Am nächsten Tage sprach ich sie an, und wir befreundeten uns. Esfira hatte als Kind einen Unfall erlitten; ihr rechter Unterschenkel hatte amputiert werden müssen. Sie stammte aus Libau. Schon im Libauer Ghetto hatte sie zusätzlich zu aller Bedrängnis stets in der Sorge und Angst gelebt, daß ihr Gebrechen entdeckt werden könnte und sie damit gleich auf die Liste der zu Liquidierenden gekommen wäre. Zum Glück hatte sie in Straßdenhof ihren Mann Kuka wiedergefunden, auch er war sympathisch und klug. Abends nach Verteilung der Brotrationen saßen die beiden in Esfiras Koje und verzehrten mit vollendeten Manieren die beiden Scheiben Kommißbrot. Esfira hatte in Libau ein Modeatelier betrieben, Kuka war Lehrer gewesen. Er lud jetzt Kohlen aus, Esfira arbeitete im Gewerbebetrieb. Beim Aufbruch zum Appell mußte sie sehr vorsichtig sein, um im Gedränge nicht zu Fall zu kommen.

Nach sechs Wochen Straßdenhof mußten wir die Judensterne abtrennen. Nun gab es weiße Stoffstreifen mit aufgedruckter Häftlingsnummer, sie mußte am linken Ärmel des äußersten Kleidungsstückes aufgenäht werden, ich hatte die Nummer 10 749.

Von meiner Schwester Helga hörte ich nichts. Den Begleitern der ABA-Leute gab ich Briefe an sie mit, erhielt aber keine Antwort.

Eines Tages fand ich auf meinem Pullover eine Laus. Ich war unglücklich und ließ mir von der Krankenschwester Cuprex geben, mit dem ich mich von Kopf bis Fuß einrieb. Von dem Pullover trennte ich mich, bereute es aber bald, denn bei einer Laus sollte es nicht bleiben. Von der Front wurden laufend schmutzige Uniformen gebracht. Läuse und Flöhe reisten als blinde Passagiere mit und vermehrten sich rasend. Nun mußten wir uns jeden Morgen und Abend entlausen, trotz Cuprex und anderer Mittel waren immer welche zur Stelle.

Ich hatte einen Eckplatz zum Schlafen, neben mir lag eine Wienerin, daneben Marga Schindler, Opernsängerin aus Brünn, die mir abends oft noch ein Lied vorsang. Sie kannte alle, auch »Mignon«. Neben ihr schlief eine schöne arische Lettin, Frau eines jüdischen Filmregisseurs.

Als die Flohplage im Sommer unerträglich wurde, flüchtete ich in den heißen Juninächten auf das flache Dach und schlief herrlich unter klarem Sternenhimmel. Einmal hörte ich das morgendliche Wecken nicht und hätte den Appell verschlafen, wenn Jenny mich nicht vermißt und gefunden hätte. Auch fand ich Nachahmer. Die Dachschläfer fielen auf, und das Betreten des Daches wurde verboten. Der Uscha befürchtete, wir könnten uns vom Dach aus mit Partisanen, die versteckt im nahen Walde lebten, verständigen.

Sechs Wochen nach unserer Ankunft wurde der Waschraum fertig, bis dahin wuschen wir uns in kleinen Blechschüsseln, die im Laufe des Tages dann dazu dienten, die Kaltverpflegung aus der Küche zu holen, Quark, Brot und Margarine.

Auch Toiletten wurden eingerichtet, in ihnen spielte sich das Entlausen ab. Am frühen Morgen und späten Abend bis in die Nacht hinein standen dort halbnackte Weiblein und mühten sich, ihr einziges Hemd vom Ungeziefer zu befreien. Wollte man durchgehen zwecks Verrichtung der Notdurft, lief man Gefahr, daß von beiden Seiten im Gedränge Läuse auf einen herabregneten. Erst nach Monaten wurde vom Lazarett aus eine wöchentliche Entlausung durchgeführt, bei der man schlimmstenfalls zur Generalreinigung mit anschließender Cuprex-Einreibung bestellt wurde.

Um 4.30 Uhr morgens wurde geweckt. Eine Abordnung holte aus der Küche Kannen mit heißer brauner Brühe. Zweimal wöchentlich gab es Mehlsuppe mit etwas Magermilch. Dann war der Andrang groß. Manchmal entbrannte ein heftiger Kampf darum, der oft damit endete, daß die Parteien sich die Suppe über den Kopf gossen.

Unter solchen Umständen rückte Weihnachten 1943 näher. Zwei Tage vor Heiligabend erhielt ich endlich einen Brief von Helga. Es ginge ihr gut, stand darin. Im Umschlag lagen hundert Mark. Ich kaufte dafür auf dem schwarzen Markt Butter und für Herrn Hamburger, der sich elend fühlte und im Bett lag, einige Zigaretten, die ich an einen kleinen Adventskranz hängte. Ich hatte ihn aus Tannenzweigen gewunden und anstelle von Kerzen mit rotem Kabeldraht versehen. Ein ebensolcher Kranz hing in meiner Koje.

Tante Dora war der Übergang zu diesem Lagerleben auch schwergefallen. Sie hatte Pech gehabt: Von ihren abgemagerten Fingern waren die beiden dicken goldenen Eheringe – der ihres verstorbenen Mannes Harald und ihr eigener – auf dem Klosett in die Tiefe gerutscht. Es waren ihre letzten Wertgegenstände gewesen, der Verkauf hätte ihr einige Pfund Butter eingebracht. Bisher hatte sie sich von ihnen nicht trennen können. Nun tröstete sie sich nach außen hin tapfer über diesen Verlust hinweg. Obgleich Tante Dora, wie ich wußte, unsagbar unter den Verhältnissen litt, blieb sie bis zuletzt freundlich und gelassen, ich habe sie niemals weinen sehen. Ihr Mann war wenige Jahre vor ihrer Deportation gestorben. Sie hatte fünf Kinder, die nun in der Welt verstreut waren, und ein gepflegtes Heim besessen und Reisen in ferne Länder mit ihrem Mann unternommen. Auf meine Frage, wie sie alles so gefaßt ertragen könne, sagte sie: »Mein Leben war so schön, ich habe alles irdische Glück genossen – jetzt muß ich dem lieben Gott ein wenig entgegengehen.«

Zu Weihnachten schenkte sie mir ein Silberkreuz von ihrem Rosenkranz mit folgendem Gedicht:

> Zerkratzt, zerschunden,
> allen Glanz verloren,
> so ist dies Kreuz ein Sinnbild unsrer selbst.
>
> Doch wenn du aufmerkst,
> hören deine Ohren,

den Klang der Weihe,
die es noch enthält.

So nimm es hin
als heil'ge Weihnachtsgabe,
trag es wie einen Talisman —
den ich vom letzten meiner Habe
in mütterlicher Lieb' dir schenken kann.

Viele der alten Leute trugen ihr Schicksal gleich Tante
Dora mit innerer Kraft. Die aus bürgerlichen Kreisen
Stammenden waren in ein Dasein fern jeglicher Norm ge-
drängt, in dem nur der Selbsterhaltungstrieb triumphier-
te. Viele hielt die Hoffnung aufrecht, einmal noch ihre
Kinder, die sich hatten retten können — meist nach England und Amerika —, wiederzusehen.

Um zusätzlich zu den Hungerrationen etwas zu beschaffen, fertigten sie heimlich aus Flicken Kinderkleider und
Pantoffeln an, die die jungen Polinnen auf den Außenkommandos dann verkauften — ein Stück Brot, ein bißchen Fett, eine Zwiebel waren der Erlös.

Die nach Straßdenhof mitgekommenen Kinder hielten
sich zunächst bei ihren Eltern im Betrieb des Generalkommissariats auf. Als der Uscha dahinterkam, verbot
er es. Nun vertrieben sie sich tagsüber im Block die Zeit,
denn auf dem Hof durften sie nur zu bestimmten Stunden
spielen. Einige Mütter nahmen ihre Kinder trotz des
Verbotes in den Gewerbebetrieb mit. Wenn der Uscha
kam, verschwanden sie unter dem Tisch, schnell wurde
ein alter Pelz über sie geworfen...

*

Im vierten Block konnte man alles bekommen. Nach dem Abendappell war in den Gängen und Kojen lebhafter Verkehr, die Finanzkräftigen drängten zu den Außenkommandos. Wer Geld hatte, konnte von den Polinnen Brot, Butter, Zwiebeln, Hering, Aquavit – sogar Apfelsinen kaufen. Ein Brot kostete zwischen 40 und 80 Mark, ein Pfund Butter 60 Mark. Oft mußten sich die vom Kommando aus den Fabriken kommenden Mädchen bei der Kontrolle splitternackt ausziehen, die Kleidungsstücke wurden vom Lagerältesten und dessen Beauftragten nach Lebensmitteln, Geld und Gold untersucht. Was immer sie fanden und wie hart auch die jeweils verhängte Strafe war, nach zwei Tagen der Vorsicht und Zurückhaltung waren der Handel und das damit verbundene Hereinschleppen erneut in vollem Gange. Beim plötzlichen Auftauchen des »Uschas« im vierten Block wurde ein Warnzeichen gegeben, die Lebensmittel verschwanden unter den Strohsäcken. Wurde trotzdem einer dort oben erwischt, bekam er Prügel und drei Tage Bunker. Der schwarze Markt aber war nicht zu unterbinden.

Ein Mädchen nahm eines Tages ihr Eßgeschirr, gefüllt mit der blau-schwarzen Brühe unserer Mittagssuppe, auf die Heeresbaudienststelle mit und zeigte sie den lettischen Arbeitern. Dies kam dem Uscha zu Ohren. Einen Nachmittag lang mußte das Mädchen in eisiger Kälte mit erhobenen Armen auf dem Hof knien. Nach dem Abendappell ohrfeigte er es – aber die Suppe wurde besser. Die Verwaltung der Heeresbaudienststelle, die dem Uscha Meldung erstattete, hatte darauf bestanden.

D. konnte es nicht leiden, wenn zum Appell auf dem Hof die alten Frauen ihre Beutel mit allem armseligen Hab und Gut mitbrachten. Ließen sie es aber in den Kojen unter den Strohsäcken, so wurde es schnell ein Raub der Razzien und der Diebe. Viele befestigten ihren Beutel daher unter dem Kleid.

*

Als der Frühling kam, waren aus dem dritten Block, in dem auch ich schlief, 200 Frauen gestorben. Von den 90 Männern, die wir bei der Ankunft in Straßdenhof angetroffen hatten, lebten noch 18. Es gab jetzt genug Platz in den Kojen. Wir vom Generalkommissariat und Heeresbau darbten furchtbar; nur wenige konnten ihre Rationen durch den schwarzen Markt verbessern: Es waren diejenigen, die einen Posten hatten oder mit Blockältesten und Küchenbullen auf gutem Fuß standen und sich ihnen als nützlich erwiesen.

Trotz allem — wenn der Uscha übers Wochenende verreiste, fand Kabarett statt. Es wurde gesungen, getanzt und gespielt, die Geschehnisse im Lager wurden kritisiert und parodiert. Im zweiten Block schlugen wir provisorisch eine Bretterbühne auf. Hans, der Lagerälteste, unterstützte die Künstler, deren Gage aus einem Extraschlag Suppe, persönlich aus der Küche abzuholen, bestand. Zur Vorstellung erschien stets zahlreiches Publikum; auch die SS-Posten, junge Burschen aus Ungarn und Rumänien, die gleich nach der Schule zum Eintritt in die SS gezwungen worden waren, saßen in den ersten Stuhlreihen. Stand am Tor ein freundlicher Wachposten, schlüpften auch Letten aus der Stadt herein und sahen zu. Ein ehedem populärer jüdischer Komiker aus Riga führte jiddische Sketche auf; Marga, meine Freundin, sang Lieder und Arien, ich tanzte einen akrobatischen Tango, Sonja und ihr Bruder Kecky trugen jiddische Lieder vor − »die jiddische Mamme«, »Sage nie: ›Ich geh den letzten Weg...‹«. Sonja war ein schönes Mädchen, ich bewunderte sie sehr.

Anfang März 1944 hatte der Uscha eines Morgens die stets am Ende der langen Appellreihe stehenden Kinder durch eine Bewegung seines Armes abgeteilt und mit den Worten: »Kommt mal mit, meine lieben Kinder!« in den Heizraum treten lassen. Die Türen wurden sofort verriegelt und von Posten mit aufgepflanzten Bajonetten besetzt. Die Mütter, die sich der Türe nähern wollten, stießen die SS-Männer mit Kolben zurück. Wir sollten wie gewöhnlich unsere Arbeit aufnehmen, aber die Mütter gaben keine Ruhe. Als man ihnen den Ausgang aus dem Saal des Gewerbebetriebes verwehrte, schlugen sie die Fensterscheiben ein und wollten sich hinunterstürzen − unten standen bereits mehrere Lastkraftwagen, um die Kinder abzuholen. D. hielt eine große Rede, er versicherte, die Kinder kämen zur Erholung in ein Kinderlager, aber niemand glaubte ihm, jeder wußte, dieses Lager war unter der Erde...

Dann haben sie 81 Kinder blitzschnell auf die Autos geworfen, die Planen dichtgemacht und sind weggefahren.

Nicht allein aus unserem Lager, aus sämtlichen Konzentrationslagern in und um Riga wurden an diesem Tag die Kinder abgeholt, im Kaiserwald gesammelt und schließlich im Hochwald bei einem Stützpunkt, den die Juden in einem Sonderkommando selbst hatten anlegen müssen, umgebracht. Im Kaiserwald durften die Mütter mit ihren Kindern mitgehen, viele taten es. Als Hella Kern, Ellen Laumann und ich einige Monate später in Stutthof zu dritt auf einem Strohsack lagen, berichtete Hella, wie ihre Mutter mit ihrem 12jährigen Bruder, der die ganze Nacht aus der Baracke nach ihr gerufen hatte, mitgegangen war. »Moni braucht mich«, hatte sie zu Hella gesagt, »du bist schon groß.«

*

Seit diesem Morgen, an dem die Frauen ihre Kleider zerrissen hatten und dem Wahnsinn nahe durch die Säle gerannt waren — manche hatten zwei und drei Kinder auf einmal verloren —, an dem auch die Augen der Abgestumpftesten aus unseren Reihen nicht trockenbleiben konnten, hatten wir keinerlei Hoffnung mehr auf Rettung. Die unschuldigen Kinder waren uns vorangegangen, ein paar Wochen, Monate vielleicht — dann würden wir auf dem gleichen Weg sein, dem letzten. Der Krieg war noch nicht ganz verspielt, man brauchte uns noch als Arbeitskräfte, und wir arbeiteten ja gut, viel und umsonst.

Eintönig grau und leer verging die Zeit. Dumpfe Traurigkeit drang in alle Poren des Lebens. Nirgendwo ein Halt, der Kraft hätte vermitteln können. Die Sorge um die verelendeten, in Lumpen gehüllten Gebeine und der erniedrigende kleinkrämerische Kampf um die tägliche Selbsterhaltung entwürdigten und zogen alle herab.

Was konnte man in diesen Augen lesen? Fieberhafte tierische Gier — matte Traurigkeit — leidenschaftliches Fragen — dumpfes Gequältsein — unermeßliche Sehnsucht — Schatten waren wir, keine Menschen mehr.

Lotte, jenes Mädchen, das mit mir aus dem Torf zurückgefahren war und auch hier versucht hatte, die rituellen Speisegebote zu befolgen, wurde eines Nachts wahnsinnig. Sie schrie, schlug um sich und stammelte unzusammenhängende Sachen. Zunächst hofften wir auf Traumphantasien, aber sie gab die ganze Nacht keine Ruhe und konnte nur mit Mühe gebändigt werden. Auch tagsüber war es schwer, sie vor Unbedachtheiten, die ihr Leben gefährdeten, zu bewahren. Beim Waschen sah ich ihren mit eitrigen Geschwüren übersäten Körper, der die Ursache für ihren Zustand war. Geschwollene Beine und Geschwüre infolge von Unterernährung hatten fast alle.

*

Wenn ich in diesen Tagen betete — oft fand ich keine eigenen Worte mehr, auch die geistige Kraft und Energie schwanden dahin —, dann sprach ich leise die Worte des Vaterunser und betonte: »Zu uns komme Dein Reich« — es war mir klar, daß es aus dem Strudel dieses grausigen

Daseins kein Entrinnen gab. Nie wieder würde ich kind-lich-phantastische Pläne schmieden oder mich in die Welt meiner Träume zurückziehen. Ich war wach, war nüchtern. Auch weinen konnte ich nicht mehr. Die Schönheit ferner Jugendjahre klang wohl manchmal im Herzen wider – daran erinnernd, daß einmal mütterliche Hände mich hütend umsorgten, Freunde, Musik und Le-ben um mich waren. Doch schnell verblaßten diese Bil-der wieder. Kann allein die Vergangenheit einem Men-schen Trost bringen?

*

Ich konnte Lotti Heinemann zur Versetzung in den Ge-werbebetrieb verhelfen. Einige Wochen konnte sie sich noch auf den Beinen halten, dann wurde sie bettlägerig und lag eines Morgens tot auf ihrem Strohsack. Trauer prägte ihr abgezehrtes Gesicht.

Täglich erkrankten einige an Durchfall. Typhusver-dacht wurde geäußert. Die wenigen Klosetts führten un-vermeidlich zu Ansteckungen. Die Typhusverdächtigen wurden im Krankenzimmer nicht aufgenommen, durften aber auch tagsüber nicht in ihren Kojen bleiben. So zim-merte man im Klosettraum einen Verschlag aus Brettern und legte sie dahinter, mitten in den Gestank. Die Ge-sunden waren dadurch bei ihrem Gang aufs Klo von An-steckung nicht minder bedroht. Natürlich kam von den Kranken kaum einer wieder auf die Beine. Nach einer Woche Arbeitsunfähigkeit schickte man sie als »nicht behandlungsfähig« in den Kaiserwald, von dort mit einem größeren Krankensammeltransport zum Stützpunkt und damit endgültig in den Tod.

Auch die Mutter von Ernst Ilberg, die mit Gesichtsrose behaftet war, nahm so von uns Abschied. Ernst fuhr mit schwerer Grippe in den Kaiserwald, zum Erstaunen aller kehrte er jedoch nach fünf Wochen gesund zurück. Zwar war er bis zum Skelett abgemagert und steckte in einem für einen halbwüchsigen Jungen bestimmten Anzug – aber munter. Ernst wurde Gärtnerbursche von Unterscharführer D., dadurch hatte er einige Vorteile, und durch seine Geschicklichkeit erwarb er sich auch die Gunst des jüdischen Kochs, der aus Prag stammte, und brachte es zu erheblicher Gewichtszunahme.

Um Tante Dora war ich in ständiger Sorge. Sie hatte Geschwüre im Gesicht und an den Händen, in den Beinen hatte sie Wasser. Oft konnte sie nicht richtig arbeiten – sie war in der Stopferei tätig – und saß dann nur so dabei. Solche Leute griff D. gern für seine »Abfalltransporte« heraus. Beim Appell hatte er ihr bereits einen Hieb mit dem Gummiknüppel versetzt und ihr dabei das Nasenbein gebrochen. Von da an stellte sie sich beim Appell in die hinterste der fünf Reihen und blieb unbemerkt.

Die Kohle zum Beheizen des Gewerbebetriebes – die Schlafblocks wurden natürlich nicht geheizt – kam in großen Kähnen am Jugla-Hafen an und mußte nach dem Abendappell ausgeladen werden. Die vom Tageskommando hungrigen und erschöpften Männer wurden wieder zum Hafen getrieben und dort bis 22 Uhr beschäftigt. Galt es, Holz zu holen, mußten auch Frauen mitgehen und vom Bahnhof Jugla Klötze und Balken ins Lager schleppen. Schläge und Flüche prasselten auf denjenigen nieder, der sich vermeintlich eine zu leichte Last aufgebürdet hatte. Als dabei einmal ein Mann zu Boden stürzte, trat D. ihn mit seinem Stiefel in den Leib. Der Mann erhob sich nicht. Der Uscha brüllte, sein Gesicht wurde blaurot und glich dem einer Bulldogge. Aber der Mann blieb liegen, er war tot.

Nachts war nicht immer an Schlaf zu denken. Hatten ein paar etwas ausgefressen, mußte der ganze Block darunter leiden. Einem lettischen Kutscher, der ins Ghetto fuhr – Anfang 1944 lebten dort noch 30 Juden –, wurden Briefe abgenommen. Der Uscha bekam sie zu lesen und wütete, da die Zustände im Lager Straßdenhof darin genau beschrieben worden waren und die Absender um Brot und Kleider baten. Die Briefschreiber wurden ermittelt und streng bestraft. Alle anderen sollten mitgestraft werden, damit sie daraus eine Lehre zögen. Hans mit seinen Helfern wütete nachts in den Blöcken: »Raus aus den Betten!«, und die alten Weiblein mühten sich, so schnell es ihre Kräfte zuließen, aus den Kojen zu klettern. Kaum waren sie draußen, hieß es: »Rein in die Betten«, und so wurden wir etwa zwanzigmal hin und her gehetzt. Wer das Tempo nicht mithalten konnte, bekam den Gummiknüppel zu spüren. So ging es drei Nächte hintereinander.

Manchmal erschien der Uscha nachts betrunken im Block – in einer Art Verfolgungswahn glaubte er in den Ecken Häftlinge zu sehen, dann mußten wir sogar in den Hof hinunter. Manchmal ging er nur in den Block vier über uns, dann hörten wir das Scharren und Trampeln von fünfhundert Paar Füßen über unseren Köpfen. Wir waren froh, wenn nach solchen Nächten der Morgen anbrach und wir wenigstens zwischen den Appellen uns selbst überlassen waren.

*

Anfang Februar 1944 war ich Lagerverwalterin geworden. In einem schmalen Raum stapelte ich Fliegerkombinationen, sortierte und gab die beschädigten Stücke zum Ausbessern, die geflickten an die Wehrmacht zurück. Im Vergleich zu der Flickarbeit in dem lärmigen großen Saal war es ein angenehmer Posten, zugleich eine Einnahmequelle. Ein Häftling konnte eine solche Kombination gut unter seinen Arbeitsanzug anziehen und auf dem Außenkommando verkaufen. Der Gewinn wurde geteilt — für mich sprangen Brot und Fett dabei heraus. Die Kombinationen waren bei den Letten begehrte Artikel. Allerdings mußte ich sehr vorsichtig sein und konnte nur einmal wöchentlich, kurz bevor die Abholer der Wehrmacht kamen, einen solchen Anzug wegnehmen. Wenn D. das Fehlen eines Stückes bemerkt hätte, wäre ich wegen Wehrmachtsdiebstahls erschossen worden. Trotzdem unterhielt ich mit Kuka, Esfiras Mann, eine gute Handelspartnerschaft.

Um diese Zeit wurde hinter der Fabrik im Hof von Wehrmachtssoldaten ein tiefer Bunker angelegt. Der Kraftfahrer der Kompanie war Leipziger. Er riskierte es, zu meiner Schwester Helga nach Lenta hinauszufahren, dem jüdischen Polizisten am Tor einen Brief zu übermitteln und die Antwort abzuwarten. Die Soldaten beteuerten immer wieder, wie sehr sie unsere schlechte Behandlung bedauerten, aber von SD und SS sei ihnen jede Hilfeleistung streng untersagt worden. Ihr freundliches Wesen uns gegenüber war bereits aufgefallen, nach einer Woche wurde die Kompanie entfernt, am Bunker arbeitete eine SS-Strafkolonie weiter. Brief und Paket, die der Leipziger Soldat mir überbrachte, waren das letzte direkte Lebenszeichen meiner Schwester.

*

Als eines Tages von der Färberei der Nähgarnmanufakturfabrik, die auf dem Grundstück der Seidenfabrik lag, drei Frauen zur Arbeit angefordert wurden, fiel die Wahl des Uschas auf mich. Ich war froh, die Mauern des Lagers einmal hinter mir zu lassen. Nun stand ich den ganzen Tag in heißen Dämpfen, fischte dicke Stränge Garn aus Bassins und wendete sie, oder ich hängte das gefärbte Garn bei 60 °C Wärme im Trockenraum auf. Eine alte Lettin brachte jede Woche Hunderte von ölverschmierten Lumpen, mit denen die Maschinen geputzt wurden, zum Waschen. Meine Hände wurden schrumplig und quollen auf. Die lettischen Arbeiterinnen waren gute Frauen. Eine Alte brachte täglich Lebensmittel mit, die sie an uns sieben in der Färberei verteilte. Die anderen handelten mit uns. Jeden Abend konnten wir duschen und erhielten dazu flüssige Seife. Läuse – ade! Vom ersten Tage des Kommandos an verschwanden sie.

Ich hatte Gelegenheit, Stoffe und Kleider in verschiedenen Farben und Mustern zu färben, und bekam hierfür regelrechte Aufträge aus dem Lager, die mir Geld einbrachten. Das Risiko war groß, denn ich mußte die Sachen aus dem Lager heraus- und später wieder hereinbringen. Wir wurden streng kontrolliert, und der Uscha verhängte keine leichten Strafen. Auch im Lager büßte man an Ansehen ein, wenn man erwischt worden war.

Das Hinausschmuggeln eingetauschter Lebensmittel aus der Fabrik war schwierig, da der alte Wächter am Tor zu Stichproben verpflichtet war, damit nicht Stoffe und Garne, Eigentum der Fabrik, abhanden kamen. Gegen Lebensmittel hatte er nichts einzuwenden, aber die begleitenden SS-Posten beschlagnahmten diese und meldeten darüber hinaus jeden Vorfall dem Uscha. Besonders im Frühjahr, als eine neue Wachmannschaft zur Verstärkung kam, wurde es schlimm. Eines Abends trug ich einen kleinen Kanten Brot offen in der Hand. Ein Posten nahm ihn mir weg und steckte ihn in seinen Beutel.

Im Juni wurde die Fabrik für 14 Tage Ferien geschlossen. Sieben Mädchen mußten im Garten des Direktors Laub harken und Unkraut jäten. Wir standen in dem großen Park, hatten keine Lust zu arbeiten. »Der Mensch ist *frei* geschaffen, *ist frei* — und wär' er in Ketten geboren!« »Der Mensch ist des Menschen Wolf!« — Wir hatten einst Blumen im Garten unserer Eltern gepflückt, waren in kindlichem Spiel auf dem Rasen herumgetollt — jetzt galt es, in der Fremde welkes, vorjähriges Laub beiseite zu schaffen, nicht das schlimmste all unserer Kommandos, aber wir waren nach allem, was man uns angetan hatte, völlig erschöpft.

»Warte nur, bald wird es umgekehrt sein, dann werden die für andere arbeiten müssen«, meinte Rosa. »Ob wir dann noch am Leben sind?« wandte Bluma ein. Ich versuchte, Optimismus zu wecken, indem ich sagte, unsere Befreiung stünde kurz bevor, wurde aber angegriffen. Schließlich wetteten wir um eine Flasche Sekt – ach, ich habe sie gewonnen, aber ohne Rosa und Bluma, getrunken wurde sie nicht...

*

13 Männer, die in den »Anoden« – einer Radio- und Funkstation – arbeiteten, wurden verhaftet. Die Verwaltung wollte als Ersatz keine Männer mehr haben, sondern forderte kräftige Frauen an. Wir sieben aus Direktor M.s Garten wurden hingeschickt. Auch in den »Anoden« mußten wir zunächst nur im Park arbeiten, und wir fragten, etwas stutzig geworden, weshalb wir denn eigentlich angefordert worden wären und weshalb man die 13 Männer verhaftet habe. Aber die sonst so freundlichen Wehrmachtsposten wandten sich ab und schwiegen.

Nach drei Tagen fuhren zwei elegante Autos vor, Offiziere stiegen aus; wir wurden ins Haus gerufen. Jetzt hieß es zupacken. In den oberen Räumen befand sich ein Lager für Radioapparate. Wir mußten sämtliche für die Front gepackten Kartons öffnen, die Apparate herausnehmen, einige Schrauben abdrehen und den Offizieren zur Prüfung übergeben. Nach deren Kontrolle hieß es, die Schrauben schnell wieder einzusetzen, die Radios in die Verpackung zu legen und diese zu verschließen. Das ging unter der Aufsicht eines hohen Offiziers mit strengen grauen Augen wie am laufenden Band. Die Arme taten uns bald weh vom Heben der schweren Geräte, doch wir bissen die Zähne aufeinander.

In einem Karton fanden wir keinen Radioapparat, sondern Ziegelsteine. In elf weiteren Kartons desgleichen. Das war des Rätsels Lösung. Man hieß uns, die mit Steinen gefüllten Kartons beiseitestellen, und nahm ein Protokoll auf. Die 13 jungen Männer, die am Dach des Hauses Schäden hatten ausbessern sollen, hatten den Lagerbestand etwas verringert, indem sie die Apparate zerlegt und mit Hilfe von einigen Wehrmachtsposten an Letten in der Stadt verkauft hatten. Durch einen Spitzel unter den Soldaten waren sie verraten worden. Sie waren in den Kaiserwald transportiert worden, kehrten nach einigen Wochen aber ins Lager Straßdenhof zurück. Die Soldaten versuchten sich herauszureden und wurden versetzt.

*

Die neue SS-Küche brauchte eine Köchin. Es meldeten sich etliche kochkundige Frauen. D. wählte unter ihnen die schöne Frau K. aus. Als »lettische Arierin« schien sie ihm am besten für den Posten geeignet. Gleichzeitig verliebte er sich in sie, und Frau K. war vor seinen Überraschungen nicht mehr sicher. Schon am frühen Morgen, gleich nach dem Wecken, zeigte sich der Uscha in unserem Block, wünschte artig guten Morgen und blieb dann einige Zeit vor unserer Kojenreihe stehen, seine verliebten Augen auf Frau K. gerichtet. Wir konnten uns dort nicht mehr anziehen, sondern nahmen die Kleider mit in den Waschraum. Tagsüber leistete er Frau K. bei der Arbeit in der Küche Gesellschaft, mittags mußte sie an seinem Tisch essen.

Wir spotteten darüber, was wohl Emma, seine Stadt-Freundin dazu sagen würde. Ein Boot, mit dem D. gelegentlich Touren machte, trug ihren Namen. In Hamburg lebten seine Frau und seine Kinder. Zu uns wurde er wesentlich milder, er wollte sich bei seiner Flamme – Frau K. war ebenso klug wie schön – in ein gutes Licht rükken. Sein Betragen war auffällig, beinahe kindisch, Unheil war vorauszusehen. Eines Tages hatte er eine Auseinandersetzung mit dem Lagerältesten Hans, wobei D. Hans maßregelte. Dieser schwor ihm Rache, konnte er es doch nicht vertragen, wenn man ihn spüren ließ, daß er nur ein krimineller Sträfling war – trotz Reithosen, blitzender Stiefel und heimlicher Goldschätze. Als der Uscha am darauffolgenden Wochenende Urlaub nahm, telefonierte Hans mit seinem Freund, Mister X (Xaver A.) im Kaiserwald. Dieser erschien zum Nachmittagsappell und befahl Frau K. ihre wenigen Sachen zu packen und in den mitgebrachten Lkw zu steigen. Im Kaiserwald ist ihr nichts passiert, schon nach wenigen Tagen wurde sie bei der ABA kaserniert. Als D. von seinem Urlaub zurückkehrte, machte er ein langes Gesicht, als er feststellen mußte, daß eine gewisse Koje leerstand und eine neue Köchin die SS-Küche betreute. Aber er hütete sich vor jeglicher Anmerkung.

Ein paar Wochen später rasierte er uns die Haare vom Kopf und äußerte dabei:»Ich überlege ernsthaft, ob ich nicht auch meinen Schädel rasieren soll... wenn die Russen kommen...« Als Sträflingskleider geliefert wurden, ließ er sich spät abends den Schlüssel zur Kleiderkammer geben, um sich für eine eventuelle Tarnung zu versorgen. Er berichtete uns auch – in großer Freundlichkeit – von dem Attentat auf Hitler (20. Juli 1944). Die Sträflingskleidung erhielten zunächst nur diejenigen, die sich strafbar gemacht hatten, erst bei unserem Exodus im August 1944 wurden alle eingekleidet.

*

Hans wurde alsbald in den Kaiserwald versetzt, R. wurde sein Nachfolger in Straßenhof. Auf einmal klappte die Organisation nicht mehr. Bei all seinen Schwächen hatte Hans viel zur Aufrechterhaltung der Ordnung im Lager beigetragen, weit mehr als D., der ständig »besichtigte«, während Hans die eigentliche Verwaltung des sich durch Wegsterben ständig reduzierenden Lagers geleistet hatte. Auf R. war kein Verlaß. Ewig betrunken, erschien er lediglich zum Appell. Die übrige Zeit spielte er Fußball oder Karten. Jeden Abend nahm er ein Mädchen mit aufs Zimmer, allerdings mit wechselndem Erfolg. Auch ich wurde eines Abends zu ihm bestellt. Nach kurzem Dialog sagte er, ich solle seine Bettdecke zurückschlagen; ein noch anwesender deutscher Jude wollte sich entfernen und öffnete die Tür – ich schoß hinaus.

Ende Juli wurden alle arischen Sträflinge, außer Hans, Mister X und einem dritten, nach Deutschland zurückgeschickt. Der ehemalige jüdische Vorarbeiter der Seidenfabrik wurde Lagerältester, was ihm nicht gefiel — denn er hatte Fluchtgedanken...

Bei schönstem Sonnenschein saßen wir am Sonntag nachmittag vor der Fabrik auf der Wiese am Ufer der Jugla. Am liebsten wären wir in den Fluß gesprungen, aber das Baden war uns untersagt. Zufällig kam der SS-Zahnarzt aus dem Kaiserwald, er war Leipziger; wir baten ihn um Bade-Erlaubnis und erhielten sie. Der Zahnarzt stieg mit dem blutjungen Hamburger Postenführer S. ins Boot, sie nickten uns einladend zu; aber schon kletterten drei andere Mädchen hinein, und die Besatzung ruderte davon. Nach dem Baden lagen wir im Gras. Ein Stückchen weiter sprang ein Junge nun ebenfalls in den Fluß. Plötzlich ein lauter Pfiff — alles von der Wiese runter. S., der Kommandant von Kaiserwald, zeigte sich mit dem Uscha. Zunächst sollte die Wache Appell halten — aber der Uscha suchte vergebens seinen Postenführer. Der hatte mit dem Boot einen großen Bogen gemacht und war außer Sicht. Erst als S. und D. dem Fluß und grünen Gelände endlich den Rücken kehrten und die Fabrik betraten, ging er schnell an Land und zum Appell.

Am nächsten Sonntag blieben die Türen der Blocks trotz großer Hitze versperrt. Die Hygienekommission wurde angekündigt. Da kam Jenny gelaufen: »Sie sind schon da — in Block 1 müssen die Männer sich nackend ausziehen.« Eine halbe Stunde später erschienen bei uns Uscha, Lagerältester, ein SS-Arzt aus dem Kaiserwald und der Sträfling aus der Schreibstube.

In eine Ecke zusammengedrängt mußten wir uns entkleiden. Es war nicht möglich, sich zu verstecken. Die Schatten enthüllten sich, es war eine grausige Show: vergewaltigte Natur in grellem Scheinwerferlicht. Mit Geschwüren übersäte Frauenkörper, unterernährte, ausgemergelte, wehrlose Wesen mit Krätze, Ausschlag und Wasser infolge der unmenschlichen Behandlung wankten im Gänsemarsch durch den Saal.

Die Häftlingsnummern derer, deren körperliche Verfassung dem SS-Arzt mißfiel, wurden aufgeschrieben. Eine Panik entstand, die nach einigen Donnerworten des Uschas, der wieder alles mögliche von »Erholung« zusammenlog, in furchtbare Stille umschlug. Ebenfalls viele ältere Männer waren aufgeschrieben worden.

Schon nach wenigen Tagen fuhr ein Lkw vor und lud die Betroffenen ein, so, wie man altes Gerümpel nimmt und zum Schutthaufen fährt, dazu sämtliche Kranke aus dem Lazarett.

*

Von nun an ging es Schlag auf Schlag. Mitte Juli rissen vom Heeresbau drei Polinnen aus, trotz der mit Kreisen und Streifen beschmierten Kleider — natürlich hatten sie sich andere beschaffen können —, trotz der Wachtposten, die im großen Gelände nicht alles übersehen konnten. Der Uscha wütete. An diesem Tag standen wir sechs Stunden Appell. Suchposten mit Hunden wurden ausgeschickt, sie fanden keine Spur.

Zwei Tage später begegneten wir auf dem Wege vom Kommando Mädchen vom Heeresbau; trotz der Hitze hatten sie Tücher um den Kopf geschlungen, sie blickten verstört. »Was ist los?« riefen wir. »Man schneidet das Haar!« scholl es herüber. »Allen?« »Allen!« Im Lager wurden wir sofort in den Block geführt. Vor dem Klosett stand wartend eine Reihe Mädchen, drinnen am Fenster der Uscha. Er sah zu, wie zwei jüdische Friseure die Köpfe schoren. Wenn ein Mädchen sich zu sehr sträubte, nahm er selbst das Messer zur Hand und rasierte ihr den Schädel. Viele weinten, als die Locken fielen. Der Spiegel zeigte ein fremdes Gesicht, die Kopfhaut war glatt und weich.

Im ersten Block wurden die Männer geschoren, ohne Ausnahme. Am nächsten Morgen wurden drei Säcke voll Männer- und Frauenhaare weggeschleppt, nachdem die ganze Nacht »gearbeitet« und dem Befehl aus Berlin Folge geleistet worden war. Beim Morgenappell hieß es: »Kopftücher ab!« – niemand war der Tortur entgangen.

Laut strenger Anweisung hatten wir auf den Kommandos Kopftücher zu tragen. Doch in der Färberei war es so heiß, daß wir sie bei der Arbeit abnahmen und die Letten unsere Glatzen sehen konnten.

Eine Woche später traf den Uscha ein neuer Schlag. Wir standen zum Abendappell an und warteten noch auf das Kommando aus der Seidenfabrik, das immer zuletzt eintraf. Endlich kam der Vorarbeiter, allein, im Gespräch mit dem Uscha. »Das kostet Ihren Kopf«, hörten wir den Uscha sagen, sein Gesicht war blaurot angelaufen. Durch unsere Reihen ging ein Flüstern: »Neun Mann aus der Seidenfabrik und Nähgarn-Manufaktur sind getürmt!« Wie war das zugegangen? Ich selbst hatte mit dreien dieser neun bis zum Nachmittag dort gearbeitet, statt um 15 Uhr waren sie erst um 17 Uhr mit anderen ins Lager gegangen, um nicht noch dort zur Arbeit eingespannt zu werden. Im Gelände der Seidenfabrik hatten sie sich solange ausgeruht. Aber um 17 Uhr fehlten dort neun. Der Vorarbeiter mußte die Botschaft im Lager überbringen. Ehe weitere Schritte unternommen wurden, sollte der Appell stattfinden. Wir warteten nur noch auf den Vorarbeiter, der in den Block gegangen war. Dort wurde er von den Blockältesten überall gesucht – vergebens, auch er war getürmt, wahrscheinlich durch das Fenster im Zimmer der bereits alarmierten Posten. Der Tod wäre ihm sicher gewesen. Er hatte dem Lagerältesten noch eine Botschaft überbracht, denn dieser hatte den Fluchtplan entworfen. Vor dem offiziellen Abbruch des Lagers konnte er nun nicht mehr entweichen, aber die Flucht gelang ihm später aus Kaiserwald.

An jenem Abend standen wir bis 23 Uhr auf dem Hof. S. kam, um Geiseln zu holen. Ich rechnete mit meiner Verhaftung, da ich zum selben Kommando gehörte, aber er zog die Vorarbeiterin, deren beste Freundin geflohen war, und ein polnisches Mädchen heraus, dazu sieben Männer. Nach zwei Tagen Bunker im Kaiserwald wurden sie zum Stützpunkt gebracht...

Dem Uscha wurde es ungemütlich in seiner Haut. Mehr solcher Vorkommnisse konnten ihn um seinen Posten bringen. Aber in den anderen Lagern geschah Ähnliches. Von Letten und Wehrmachtsangehörigen erfuhren wir, daß beinahe täglich aus dem Zeltlager Dundangen, aus dem HKP und von »Lenta« Häftlinge flohen; meistens Letten, die sich bei Bekannten in der Stadt versteckt halten konnten oder aber in den Wäldern bei den zahlreichen Partisanen. Wer nicht Russisch oder Lettisch sprach, konnte eine Flucht kaum riskieren.

Je mehr die Russen sich Riga näherten, um so kleinmütiger wurde D. Sein neuer Adjutant dagegen regte sich auf und fluchte. Zur stärkeren Bewachung des Lagers rückten 40 neue Posten an. Wir konnten keinen Schritt mehr unbeobachtet gehen. In der Fabrik durften wir nicht einmal mehr das Zusatzessen aus der Lettenküche holen; die Lettinnen, soweit sie uns freundlich gesinnt waren, brachten es uns mit.

Trotzdem wurden immer neue Fluchtverdächtige verhaftet. Mischa, ein lettischer Jude, bot einem Wachtposten seinen letzten Besitz, eine goldene Uhr, damit dieser ihn durch das hintere Tor herausließe. Der Posten nahm die Uhr in Empfang und meldete Mischa bei D.

✳

Die Stimmung im Lager war fast nicht mehr zu ertragen. Die neuen Posten, die Unterminierung des Hofes, die Maschinengewehre an der Mauer – alles deutete auf unser gewaltsames Ende hin, falls die Russen in Kürze hier einmarschieren sollten. Daß sie nahe waren, merkten wir am Zurückfluten der deutschen Truppen. Morgens und abends während der Appelle hetzten in unserem Blickfeld staubbedeckte, erschöpfte Soldaten über die Landstraße, Fahrzeuge aller Art, Fuhrwerke mit nur einem

Pferd. Die mit den Nazis verbündeten Letten packten ihre Koffer und verließen die Stadt. Der Uscha verbot uns schließlich, während des Appells in Richtung Landstraße zu blicken.

Um zu verhindern, daß die einen aus dem Lager flohen, während andere für sie als Geiseln sterben mußten, wurde ein freiwilliger Wachdienst gebildet, der Verdächtige Tag und Nacht beobachten und im Notfall Alarm schlagen sollte. Die so Beschatteten bemerkten die Überwachung bald und regten sich auf, andere machten sich lustig. Die Spannung steigerte sich von Nacht zu Nacht, sie erreichte einen unerträglichen Höhepunkt. Auch ich war zu einer Wache eingeteilt worden. Gerade kam ich von einer Runde zurück und wollte die Ablösung wecken, als ein schriller Pfiff ertönte, Sekunden später hallte ein Schuß. Dann raste eine männliche Gestalt durch den Block, hinter ihm her der lange H. mit einer Taschenlampe. Er schrie: »Wo ist S.?« Wir wußten es nicht und antworteten ihm entsprechend.

Früh am nächsten Morgen fuhr ein Auto vor: Mordkommission. Der junge Postenführer Peter S. hatte sich erschossen. Seine Leiche, die in der Wohnung des Uschas aufgebahrt lag, wurde ins Hauptgebäude getragen, am Tatort wurde eine Untersuchung vorgenommen. Bleich und düster stand der lange H. dabei; er hatte mit S. in der Nacht eine heftige Auseinandersetzung gehabt. Peter hatte 20 Juden zur Flucht verhelfen wollen, H. hatte davon Wind bekommen und ihn gestellt, ihm Vorwürfe gemacht und mit Anzeige gedroht. Für S. war kein anderer Ausweg geblieben. Immer war er nett und freundlich gewesen, hatte weder geflucht noch geschlagen, und er hatte auf die ihm unterstellten Posten entsprechenden Einfluß ausgeübt. Seine Chancen jungen Mädchen gegenüber, die den gutaussehenden jungen Mann mochten, hatte er nie ausgenützt, während Hans und andere SS-Posten stets kurzfristig »Freundinnen« unterhielten. Alle trauerten um Peter S.

Am nächsten Abend fuhr ein elegantes Auto in den Hof. Der Uscha und H. kamen katzbuckelnd herbei, ein Hauptsturmführer stieg aus. Freundlich lächelnd sah er dem Appell zu. Anschließend hielt er eine Rede und sagte, daß das Lager möglicherweise in wenigen Wochen aufgelöst werden würde. Daher wolle er jetzt schon untersuchen, wer marschfähig sei und wie viele gefahren werden müßten. Er sprach raffiniert in schmeichlerischem Ton, aber keiner glaubte ihm. Während wir uns bereits entsprechend gruppieren mußten, redete er unaufhörlich weiter, flocht Witze ein und scherzte sogar, er habe wegen des Besuches hier bei uns ein Rendezvous absagen müssen. Die jungen Mädchen durchbohrte er mit seinen Blicken, aber selbst die Kecksten unter ihnen erwiderten sie nicht. Dann wurden die Häftlingsnummern der älteren, nicht Marschfähigen aufgeschrieben. Einige waren während des Aufstellens in den Block geflüchtet und hatten mit Puder und Schminke ihr Gesicht verjüngt. Befürchtungen wurden laut. Der Sturmbannführer war um Antworten nicht verlegen und beschwichtigte: »Keine Angst, alle Dinge werden zu eurem Besten geordnet. Regt euch doch nicht so auf — ich komme sonst nie wieder zu euch zu Besuch!«

*

Als der Wolf im Schafspelz abgefahren war, erreichte die
Panikstimmung ihren Höhepunkt. Bei Tag und bei Nacht
wurde von Auflösung des Lagers gesprochen. Nach zehn
Tagen kamen die Lkws, um die nicht Marschfähigen zu
holen. Meine Tante Dora war dabei. Sie war erst 62 Jahre
alt und nicht in den Block geflüchtet, als die Nummern
aufgeschrieben worden waren. »Wie Gott will«, sagte
sie, »warum soll ich noch einen Umweg suchen?« Sie
blieb aufrecht und tapfer und übergab mir im Augenblick
unserer Trennung ihr Tagebuch, das ich ihren Kindern
überbringen sollte, falls ich am Leben bliebe. Als der
Trupp der Abfahrenden sich zum Lkw hin bewegte,
grüßte sie mich ein letztes Mal mit ihren schönen grauen
Augen...

Dieser Transport jedoch war zu klein ausgefallen. Der
Gasofen konnte mehr leisten. Eine Woche später wurden beim Morgenappell sämtliche Männer und Frauen
über 30 Jahre aufgerufen. H., auf einem Podium ste-
hend, verlas die Namen. Für diejenigen, die nicht schnell
genug auf die andere Seite traten, fand er gemeine
Schimpfworte. Wie der Ausrufer einer Jahrmarktbude
rief er: »Den, der sich zu verstecken sucht, knalle ich nieder mit eigener Hand – worauf ihr euch verlassen könnt!
Macht es uns also nicht unnötig schwer!«

Nun war es gleichgültig, ob alt oder jund, krank oder gesund. Herr Hamburger, Herr Mildenberg mit seiner Frau
und seiner schönen Tochter Edith, die freiwillig bei ihnen
blieb, Esfira mit ihrem Kuka, die sich durchgehungert

und die einen Posten hatten — für sie alle blieb nur dieser eine letzte Weg. Ein 16jähriges Mädchen lief mit ihren beiden noch jüngeren Schwestern zu mir:»Was sollen wir tun, unsere Mutter ist ausgewählt?« Ich behielt sie in meiner Nähe und zog später mit ihnen nach Stutthof. Mit Emmy Hoffmann, einer noch jungen Frau aus Westfalen, die aber weg mußte, wollte ich einen Treffpunkt für später ausmachen. »Leb wohl«, sagte sie, »im Himmel sehen wir uns wieder.«

Von Manga Schindler, der »wunderschönen Sängerin«, konnte ich nicht einmal Abschied nehmen, alles ging sehr schnell. Sie hatte noch vor kurzem im Lazarett für die Kranken gesungen und einen zufällig visitierenden SS-Arzt mit ihrer Stimme begeistert. Er hatte sie gefragt, ob sie Jüdin sei, und ihr zu verstehen gegeben, daß er sie retten würde, wenn sie verneinte. Doch stolz hatte sie sich zum Judentum bekannt.

Die jetzt Aufgerufenen wurden in einen ausgeräumten Saal der Kabelfabrik gesperrt. Von den ehedem 2000 Häftlingen des Lagers Straßdenhof blieben 600 unter 30 Jahren zurück. Man schickte uns auch an diesem Tag in die Fabriken zum Arbeiten. Aber wir konnten nichts tun. Entsetzen lähmte unsere Hände und Füße. Die lettischen Aufseher verlangten keine Arbeit von uns, als sie hörten, was im Lager vorging. Die Stunden schlichen dahin. Bei der Rückkehr erfuhren wir weitere Schreckensnachrichten. Herr Hamburger, der als Betriebsleiter die Schlüssel zu den Räumen der Fabrik besaß, hatte eine hintere Tür der Kabelfabrik aufgeschlossen und war mit neun anderen verschwunden. Hinter dem kleinen Lagerraum, in dem ich eine Zeitlang gearbeitet hatte, hatte er vor geraumer Zeit ein winziges Verlies gebaut und Lebensmittel hineingeschleppt, um nötigenfalls in dem Versteck einige Zeit zubringen zu können. Dorthinein war er verschwunden, die übrigen neun hatten andere Schlupflöcher gesucht. Sie hatten nicht damit gerechnet, daß beim Abholen durch die Lkws nochmals alle Namen verlesen wurden. Es kam aber so, und die zehn wurden vermißt. Während die anderen schon verfrachtet wurden, begannen die Posten, H. an der Spitze, die Menschenjagd, viele Stunden ergebnislos. Aus dem Kaiserwald wurden Bluthunde geschickt. Diese spürten das Verlies und Herrn Hamburger auf. H. zertrümmerte ihm mit seinem schweren Kaliber den Schädel, ehe er ihn erschoß.

Ein paar andere wurden ebenfalls aufgespürt. Einer hielt sich unter dem Dach in der Öffnung von zwei Balken versteckt. Als er entdeckt wurde, versuchte er über das Dach weiter zu flüchten. An der Luke traf ihn die erste Kugel, er rannte weiter, die dritte Kugel erst streckte ihn nieder. Am Abend noch sahen wir auf dem Dach die Blutspuren.

Der Elektriker Mandel hatte sich im Elektrizitätswerk unter der Krone versteckt. Er kam nicht herunter, auch als die Meute ihn längst entdeckt hatte. Sie schossen solange, bis blutige Stücke seines Rumpfes herunterfielen.

Andere faßte man erst eine Woche später, als sie, von Hunger und Durst geplagt, ihre Verstecke verließen, von einem Posten gesehen und verraten wurden.

Eine Frau, die sich in der Öffnung zweier Balken unter dem Dach versteckt hatte, wurde fürs erste gerettet. Pechschwarz und rußig flüchtete sie sich nach Stunden in eine Koje im dritten Block. Sie zog eine Decke über den

Kopf, während die Verfolger mit den anderen beschäftigt waren. Am Nachmittag bemerkten unsere Mädchen sie, wuschen sie, zogen ihr ein buntes Kleid an, schminkten sie auf jung. Das gleiche tat Frau Neumann. Sie war 38 und am Morgen im allgemeinen Aufruhr einfach mit hinaus in die Seidenfabrik gegangen. In aller Eile wurden zwei Karteikarten von freiwillig mit ihren Männern mitgegangenen jungen Frauen unter 30 Jahren mit den Karten dieser beiden Frauen vertauscht, so daß eine weitere Kontrolle am nächsten Morgen reibungslos verlief.

Das Lager war nun ausgestorben.

*

Im dritten Block, der neun Monate zuvor mit 500 Personen belegt gewesen war, lagen noch 30, die in eine einzige Mittelreihe zusammenrückten. Verstreut in den Kojen lagen Kleider und Sachen, die an die Fortgegangenen erinnerten. Der Appell dauerte keine halbe Stunde mehr. Eines Nachts trafen Juden vom HKP ein, die ihr Quartier auf der anderen Dünaseite wegen des Näherkommens der Russen hatten räumen müssen. Unter ihnen waren etliche Facharbeiter. Sie erzählten, sie kämen weiter nach Deutschland, dort brauchte man gut ausgebildete Arbeitskräfte. Der Flüchtlingsstrom auf der Landstraße zeigte an, daß die Front immer weiter zurückgedrängt wurde.

Herr Janson, der lettische Beauftragte des Generalkommissariats, ließ die wertvollsten Pelze und Maschinen auf ein Schiff mit Kurs nach Deutschland verladen. Sonntag morgen. In Reihen geordnet standen wir wieder Appell. D. erschien mit H., letzterer schloß sämtliche zu den Blocks führende Türen. Nach dem Abzählen sagte der Uscha: »Heute braucht keiner zu arbeiten, heute werdet ihr eine schöne Seefahrt machen.«

Nach Deutschland sollten wir fahren, wohin, wurde nicht gesagt. So, wie wir standen, mußten wir weg. Manche Mädchen hatten nur Pantoffeln an den Füßen. 400 wurden »linksum zur Kabelfabrik« kommandiert, die restlichen 200 blieben vorläufig zu Aufräumungsarbeiten zurück.

In der großen, leeren Halle standen bewaffnete SS-Männer. In eine Ecke zusammengedrängt, mußten wir uns entkleiden, es war nichts Neues mehr. Völlig nackt passierten wir die Reihe der SS-Leute, um am anderen Ende der Halle Sträflingskleidung in Empfang zu nehmen. Am Ausgang kontrollierte dann H., daß nichts von den Zivilsachen mitgenommen wurde. Nur die Schuhe hatten wir anbehalten dürfen. In ihnen schmuggelte ich Tante Doras Tagebuch hinaus. Die Sträflingskleidung war aus dem Kaiserwald gebracht worden, Irmgard Eisen gab die Sachen aus. Seit der Torfkasernierung in Skrunden hatten wir uns nicht gesehen. Sie arbeite im Kaiserwald in der Kleiderkammer, flüsterte sie mir zu. Wir sahen uns wieder, um für immer Abschied zu nehmen...

Die Männer hatten das Umkleiden im Hof vornehmen müssen. Jeder erhielt dort noch ein Eßgeschirr, einen Löffel und ein Handtuch. Zu Fuß gingen wir durch das Tor hinaus. Wir passierten die Heeresbaudienststelle.

Alle Wohnhäuser und Baracken, in dreijähriger Arbeit mühsam aufgebaut, waren in den letzten drei Wochen niedergerissen worden, das Material hatte man in Waggons verfrachtet. Es blieb aber auf der Strecke; sogar Passagierzüge blieben auf dem Wege nach Deutschland unterwegs stecken.

Dann liefen wir über das Gelände der Seidenfabrik. Der alte Pförtner stand am Tor und grüßte uns mit seinen Augen. Tränen rollten in den grauen Bart. Aus gutem Grund hatte man unseren Abtransport auf einen Sonntag gelegt; Straßen und Fabrikgelände waren menschenleer. Hinter der Fabrik warteten Motorboote, sie brachten uns zum Rigaer Freihafen. Dort lag ein großes Frachtschiff bereit. SS-Offiziere, Hans und Mister X beaufsichtigten unsere Unterbringung. Weitere Motorboote mit Juden aus dem ABA, Precu (Reichsbahn) und Kaiserwald legten an, das Schiff war bald überfüllt. Die »schöne Seefahrt« begann. In die untersten Räume wurden die Männer gesperrt, sie bekamen fast keine Luft und brauchten einen ganzen Tag, um zur Toilette an Deck und zurück zu gelangen. Ellen Laumann und ich hatten in der zweiten Luke einen Bettplatz an der Treppe gefunden. Mit der Beobachtung des Pendelverkehrs auf der Treppe vertrieben wir uns die Zeit. Am ersten Abend gab es trockene Verpflegung, auch am nächsten und übernächsten. Die Fracht von 6 000 Juden sollte also nicht auf den Meeresgrund geschickt werden.

Am dritten Tag legten wir im Danziger Freihafen an. Ellen und ich säuberten mit anderen Frauen das Schiff. Dann gingen wir die Bahnstrecke entlang und lagerten auf einer Wiese. Die Posten waren streng. Die Männer durften nicht mit den Frauen sprechen. Es war heiß. Um zwei Wasserpumpen scharten sich Tausende von Menschen. Gegen Abend zogen wir an deutschen Häusern vorbei. Frauen sahen halb mitleidig, halb neugierig aus den Fenstern. Als sie die Posten bemerkten, zogen sie sich eilig zurück.

Unsere lange Kolonne erreichte endlich die Weichsel. Große Kohlenkähne nahmen uns auf. Ich stieg eine lange Leiter hinab und befand mich in völliger Dunkelheit. Der Raum war so voll, daß wir nicht wußten, wie wir stehen sollten, ohne jemandem weh zu tun. Doch es kamen immer mehr dazu. Die Luft war zum Ersticken. Als wir zu laut wurden, drohte der Posten von Deck aus, die einzige Luftklappe zu schließen. Die Nacht nahm kein Ende. Gegen 3 Uhr morgens konnte ich an Deck klettern. In einer Ecke schnarchten die beiden Posten. Wir fuhren auf der Weichsel, an grünen Wiesen und stattlichen Gehöften vorbei.

Gegen Mittag hielt der Kahn. Ein Scharführer in eleganter Uniform, in der rechten Hand einen Gummiknüppel, empfing uns auf der Landungsbrücke. Schnell, ganz schnell hieß es aussteigen und antreten, die Langsamen erhielten zur Begrüßung einen Schlag mit dem Knüppel. Wir marschierten durch den Ort Stutthof. Kurz dahinter, rechts, wo der Wald anfing, stand ein großes Schild mit der Aufschrift »Waldlager«, dort bogen wir ein.

Eine Barackenstadt in ausgedehntem Gelände, stacheldrahtumzäunt, nahm unsere Kolonne auf. Den Männern wurde eine Baracke zugeteilt, die Frauen blieben noch im Vorlager und konnten im Sand rasten. Eine junge Frau in SS-Uniform trat zu uns und sagte, wir seien der erste Transport aus Riga, der hier angekommen sei. Der schwache Hoffnungsschimmer, im Lager Stutthof vielleicht einige vor zwei Jahren aus Riga abtransportierte Angehörige wiederzufinden, erlosch. Hier gab es viele Frauen in SS-Uniform. Selten sprachen sie mit uns.

Gegen Abend trieb man uns in das Lager hinein. In einer Baracke mit 250 Bettstellen mußten 800 Frauen unterkommen. Blockälteste war eine junge Russin. Sie konnte kein Deutsch und verlieh daher ihren Gefühlen für uns mit der Peitsche Ausdruck. Ziellos schlug sie um sich, auch ich bekam zwei Hiebe ins Gesicht.

Obgleich drei Frauen auf einem Strohsack lagen, reichte der Platz nicht aus, etliche lagen daher in den Gängen auf der nackten Erde. Mußte man nachts in den Waschraum und auf die Toilette, so stolperte man über die Liegenden. Hella Kern, Ellen Laumann und ich teilten uns zusammen einen Strohsack. Wir wechselten – einmal lag ich in der Mitte, mit je einem Paar Füße rechts und links neben mir, oder an der Seite, mit einem Kopf und zwei Beinen als Nachbarschaft. Da wir uns schon länger kannten, verkürzten wir die Nacht mit Gesprächen. An Schlaf war in der Augusthitze nicht zu denken. Ellen Laumann hatte ein Säckchen mit Zucker und Grütze bei sich, aus dem sie uns abends ein paar Krümel in die flache Hand schüttete...

Um 4 Uhr morgens wurde hier schon geweckt, wir mußten sofort zum Appell antreten. Anstellen und Abzählen dauerten sehr lange. Um Platz zu sparen, standen wir in Zehnerreihen. Bewegte einer während der »Promenade« nur den Kopf, so knallte die Peitsche gleich mehreren unbarmherzig um die Ohren.

Den »Kapos« ging man am besten aus dem Wege. Oberaufsicht über die Frauenbaracken hatte ein Sträfling Max, genannt »der Schläger«. Nicht einmal die russische Blockälteste war vor ihm sicher; eines Nachts verprügelte er sie – sie zeigte uns am anderen Morgen ihr blauschwarz verfärbtes Hinterteil. An diesem Tage verhielt sie sich ausnahmsweise, wohl aus Schwäche, still und anständig.

Nach dem Morgenappell gab es ein schmales Stück Brot nebst einem Viertelliter »Tee«. Während des Frühstücks, das im Freien abgehalten wurde, stellten männliche Sträflinge vor die Baracke eine Holzwanne, die bereits das Mittagessen enthielt. Bis 11 Uhr war die Krautsuppe dann völlig kalt, Mücken und Fliegen hatten sich darin angesammelt.

Wir blieben den ganzen Tag ohne Arbeit, drückten uns herum. Manchen Frauen glückte es, über den Stacheldraht hinweg ihre Männer zu sehen und zu sprechen. Diese sagten, sie kämen in drei Tagen nach Buchenwald.

*

Nach ein paar Tagen kamen zu unserem Abendappell ungarische Jüdinnen hinzu. Sie waren erst ein Jahr in Haft und sahen im Vergleich zu uns noch kräftig aus. Die Russin wandte auch bei ihnen die Peitsche an – da goß eine Ungarin ihr eine Schüssel Schmutzwasser über den Kopf. Große Aufregung, Nachforschungen; die Ungarinnen mußten zwei Stunden stehen, verrieten aber nicht, wer es gewesen war. Von da an weckte uns die Blockälteste morgens, ihre Peitsche schwingend, mit dem Ruf: »Verfluuuuuchte Juuuuden!«

Da es zum Waschen nur kaltes Wasser und keine Seife gab, hatten wir bereits nach einigen Tagen wieder Läuse.

Am Ende der ersten Woche unseres Aufenthaltes in Stutthof erfuhr Ellen, daß ein Sonderappell stattfinden sollte, bei dem Frauen zur Verschickung in die Landwirtschaft zu Bauern bestimmt werden würden. Da wir danach trachteten, sobald wie möglich aus diesem Lager herauszukommen, ermittelten wir den Platz und stellten uns mit etwa 300 Frauen auf. Ein hochgewachsener blonder Oberscharführer sollte die Auswahl treffen. Er musterte die in Zehnerreihen aufgestellten Frauen, ging auf und ab, blieb schließlich vor mir stehen: »Kannst du Kühe melken?« fragte er. Obgleich ich keine Ahnung davon hatte, bejahte ich eifrig. »Woher kannst du das?« »Meine Großeltern hatten ein Rittergut [wenigstens das war nicht gelogen], dort habe ich in den Schulferien Melken gelernt.« »Gut, heraustreten!« Jetzt trat Ellen hinzu, riß das Wort an sich und schilderte in den rosigsten Farben ihre landwirtschaftlichen Erfahrungen. Ich fügte hinzu, daß Ellen meine Kameradin sei, und der Scharführer wählte auch sie aus, dazu noch Ida, eine Polin aus Wilna, denn der ihm bekannte Bauer hatte drei Arbeitskräfte angefordert. Eine vierte Frau sollte allein auf einen anderen Arbeitsplatz, die übrigen wurden auf die kommende Woche vertröstet. Es war Ende August, die Erntearbeit in vollem Gange. Uns vieren sagte der Scharführer kurz Bescheid, wann und wo wir abgeholt würden. Der Appell war beendet.

Am anderen Morgen holte uns »Schlägermax« in die Schreibstube. Wir wurden registriert und erhielten eine andere Häftlingsnummer, zusätzlich eine Ration Brot und die Belehrung mit auf den Weg, daß wir uns ja bemühen sollten, mit der Arbeit fertigzuwerden. »Und wenn euch die Arme abbrechen, Mädels«, sagte Max, »dort seid ihr freier als hier und bekommt zu essen. Aber wenn ihr nicht gut arbeitet, schickt der Bauer euch zurück, dann geht ihr vor die Hunde.«

Vor dem Lagertor stand ein älterer Mann mit einem kleinen Jungen. Wir stiegen in einen mit einem Pferd bespannten kleinen Wagen und fuhren los. Es ging an Feldern und Wiesen vorbei − als das Lager außer Sicht war, atmeten wir auf. Schon tauchten die ersten Häuser von Steegen auf, einem kleinen Dorf, nur vier Kilometer von Stutthof entfernt. Vor dem größten Hof hielt der Wagen an. Die Bäuerin begrüßte uns, führte uns in ihre Diele, wo ein gedeckter Tisch stand. Es gab Schmalzbrote. Frau Gerbrandt setzte sich zu uns und fragte teilnahmsvoll jede einzelne nach ihrem Schicksal. Später brachte ihr Sohn uns auf ein gemähtes Haferfeld und zeigte uns, wie die Garben gebunden werden mußten. Nach einigen freundlichen Worten ließ er uns allein − er mußte nach Polen abreisen, wo er Güter zu verwalten hatte, im Auftrag der SS, der er angehörte.

Die Sonne schien. Wir banden die ersten Garben. Kein Stacheldraht − keine Baracken − keine Kommandos −, es war wie im Traum. Es begann zu regnen. Wir banden weiter, der Ermahnung von Max eingedenk. Wir wollten es schon schaffen. Nachmittags kam Hulda, eine kleine, schmächtige Person in Männerhosen, auf dem Kopf eine

Baskenmütze. Sie brachte Essen. »Aufhören, Mädels, wir machen Pause !« sagte sie und schöpfte jedem einen Teller Essen, dann setzte sie sich zu uns ins Gras. Wir merkten bald, daß sie uns wohlgesinnt war, und ich wagte gleich an diesem Tag die Frage, ob sie für mich einen Brief nach Leipzig abschicken würde. Sie bejahte und war auch damit einverstanden, daß an ihre Adresse die Antwort gehen sollte. Den Brief schrieb ich am Abend, und sie schickte ihn am folgenden Tage ab.

Hulda wurde unsere Freundin und Helferin in allen Dingen. Sie zeigte uns die Arbeit und legte bei Gerbrandts Fürsprache ein, wenn wir nicht so vorankamen, wie diese es wünschten. Sie brachte uns Seife, da der Bauer uns keine gab, schaffte dünne Kleider herbei, da wir in dem groben Häftlingsdrill bei der Arbeit in praller Sonne unerträglich schwitzten. Auch Schuhe organisierte sie, denn unsere aus Riga mitgebrachten Stiefel waren längst durchgelaufen, und wir gingen barfuß.

Kamen uns trübe Gedanken, munterte Hulda uns auf: sie gemahnte uns an Rosa Luxemburg und Klara Zetkin. Sie nannte Ellen Laumann oft Rosa und mich Klara und brachte das so drollig an, daß wir unseren Kummer vergaßen. Im Dorf war sie als Kommunistin verschrien. Jetzt hatte sie Gelegenheit, gegen die Nazis zu arbeiten, und sie nutzte diese. Wir waren froh, daß sie wie eine Mutter für uns sorgte, denn unsere Lage war durchaus nicht rosig. Der Bauer mußte für jeden von uns 7,50 Mark pro Tag an das Lager zahlen, mehr als für die kriegsgefangenen Engländer und Ukrainer, die auch auf seinem Hofe arbeiteten. Kräftemäßig waren wir die Schwächsten, der Bauer wollte aber soviel wie möglich aus uns herausholen. Um 5 Uhr morgens hieß es aufstehen, den Schweinen frisches Stroh vorwerfen, Körbe mit Holz in die Küche schleppen und gleich nach dem Frühstück aufs Feld gehen. Die Engländer begannen ihre Arbeit erst um 7 Uhr und erhielten eine viel bessere Verpflegung. Mit unserem Essen waren wir natürlich trotzdem sehr zufrieden und aßen stets alles auf, verschmähten auch die Reste nicht, die die Engländer uns heimlich zusteckten. Die Feldarbeit schafften wir ganz gut, aber als das Dreschen begann, mußten wir uns sehr zusammennehmen.

Entweder stand ich hoch oben am Elevator und stürzte das heraufgepreßte Getreide in die Wanne – oder am Pusterohr, um das herausfliegende Stroh zu einem immer größer werdenden Haufen zu »fleien«. Das Rohr pustete mir so stark in den Rücken, daß ich einen Hexenschuß bekam und morgens mit steifen Armen und schmerzendem Rücken aufwachte. Ich ging zwar zur Arbeit, konnte aber nichts tun. Der Bauer war nicht freundlich zu mir. Ich hatte große Angst, zurück ins Lager geschickt zu werden.

Als die Engländer merkten, daß ich krank war, arbeiteten sie mein Pensum mit. Nach drei Tagen ging es dann wieder.

Doch die Arbeit war schwer. Ellen, Ida und ich waren froh, wenn die alte Dreschmaschine einen Defekt hatte und aussetzen mußte. Manchmal gab es keinen Strom aus dem Elektrizitätswerk im Dorf, dann atmeten wir auf.

Um 7 Uhr abends war Feierabend. Wir wuschen uns im Hühnerstall in einer Blechwanne, gingen in unsere Mansarde hinauf, warfen uns auf die Strohsäcke und schlossen die Augen. Manchmal klopfte es von nebenan — dort schliefen in der Kammer zwei Engländer. Wir bohrten ein kleines Loch in die Wand und flüsterten miteinander, sie schoben manchmal Zigaretten oder ein Stück Schokolade durch. Tagsüber auf dem Hof durften wir nicht mit ihnen reden, sie hatten einen strengen Wachposten, der sie abends in ihr Zimmer einschloß. Uns sollte der Bauer selbst einschließen, aber er tat es nicht.

Von den Engländern erfuhren wir, was in der Welt vorging. Sie hörten heimlich den englischen Sender und waren bestens orientiert. Natürlich waren sie optimistisch und glaubten an ein baldiges Ende des Krieges mit dem Sieg der Alliierten. Da auf dem Hof außer mir niemand Englisch verstand, unterhielten sie sich laut über Politik. Sie amüsierten sich auch über die deutschen Knechte auf dem Hof, die noch immer vom kommenden »Endsieg« der Deutschen sprachen und schadenfroh auf uns deuteten, die wir dann »dran glauben« müßten.

Schon hatten die Amerikaner und Engländer Aachen besetzt und drangen bis Köln vor. Auch aus dem Osten kamen Nachrichten vom russischen Vormarsch. Aber wir dachten mit Bangen, daß jedes Herauszögern einer endgültigen deutschen Niederlage das Leben Hunderttausender in Stutthof und den anderen Lagern gefährdete. Wer so lange wie wir deportiert war, konnte nicht mehr viel aushalten.

*

Als es dem Winter zuging, bat der Bauer um warme Kleidung aus dem Lager für uns. Wir mußten sie persönlich abholen. Der Bauer spannte an und fuhr los. Am Tor nahm uns ein Scharführer in Empfang. Er überschüttete uns mit Schimpfworten und Flüchen und rief einen »Kapo« heran, der uns erst einmal »25 auf den Blanken« geben sollte – weil wir in so schlechtem Schuhwerk gekommen seien. Zu Ellen Laumann sagte er, sie müsse ganz dableiben, sie habe ja Wasser in den Beinen. Zum Glück wurde er abberufen, und der »Kapo« prügelte uns nicht. In der Kleiderkammer erhielten wir Pullover, Strümpfe und Holzschuhe, dann kehrten wir um. Durchs Tor kam gerade eine Arbeitskolonne. Ida erkannte in einem der Sträflingskleidung tragenden Männer ihren Cousin aus Wilna, von dem sie seit Jahren nicht mehr gewußt hatte, ob er noch am Leben war. Er stürzte aus der Reihe, sie fielen sich in die Arme, Ida begann zu weinen. Da sprang ein »Kapo« hinzu und trat ihm – weil der Scharführer in Sicht war – ins Gesäß, daß er niederstürzte. Schnell zogen wir Ida fort und liefen zu unserem Bauernwagen. Der Schreck saß uns tagelang in den Gliedern.

Die Post innerhalb Deutschlands dauerte sehr lang. Mein Brief hatte zudem viele Beratungen heraufbeschworen. Nach sechs Wochen bekam ich endlich Antwort, bald darauf Pakete mit Wäsche und Kleidern. Auch von meiner Mutter hörte ich wieder.

Als die Bäuerin ihre Verwunderung über die neuen Kleider äußerte, teilte ich ihr mit Huldas Erlaubnis den Tatbestand mit. Sie freute sich und sagte nach einigem Überlegen: »Mädels, reißt aus!« Diesen Rat wiederholte sie in den folgenden Tagen. Wohin sollten wir aber gehen, da alle Wege und Straßen mit Posten besetzt und wir ohne Ausweise waren, da man in weitem Umkreis durch Felder und Wälder Bluthunde auf unsere Spur hetzen würde, sobald unsere Flucht bekannt würde? Wer würde es riskieren, uns auch nur eine Nacht zu beherbergen? Ida schlug vor, durch die Wälder in das Innere Polens vorzudringen. Aber der Weg dorthin war weit und unbekannt.

*

Die Kartoffelernte war vorüber. Tagelang hatten wir von morgens bis abends mit den Händen in der Erde gewühlt und auf den Knien vorwärts rutschend »Kartoffeln geklaubt«. Der Bauer hatte uns die Arbeit nicht durch vorheriges Pflügen erleichtert. Wir arbeiteten mit einer dreiköpfigen ukrainischen Familie zusammen; Vater, Mutter und Sohn waren diese Arbeit gewohnt. So hatten sie mit ihren großen kräftigen Händen längst eine Reihe ausgeklaubt, wenn wir noch in der Mitte waren, aber sie pulten keine einzige Kartoffel mehr als wir, sondern brieten sich Kartoffeln auf dem Feuer, rauchten gemächlich und warteten, bis wir sie eingeholt hatten. Für uns gab es kein Ausruhen, es ging gleich an die nächste Reihe.

Anschließend schickte man uns in die Rübenfelder. Mit den Futterrüben wurden wir noch fertig, aber die Zuckerrüben gingen schwer heraus, ihre Reihen wollten nicht abnehmen. Morgens war es kalt, auf den Feldern lag weißer Reif, es war Ende Oktober. Unser Arbeitskontrakt lief bis 15. November, danach sollten wir nach

Stutthof zurück. Der Bauer hatte zwar beantragt, uns den Winter über behalten zu dürfen, aber das Lager behielt sich die Genehmigung vor.

Je näher der 15. November rückte, desto mehr schwand uns der Mut. Das Essen schmeckte uns nicht mehr. Wir überlegten Tag und Nacht. Auf keinen Fall wollten wir ins Lager zurück. Sollten wir aber durch die Wälder? Auch Hulda, unsere Vertraute, wußte keinen Rat. Sie kannte einen Bauern, der vielleicht ein Mädchen verstecken würde, aber wohin sollten die beiden anderen? Ellen und ich konnten nicht Polnisch, das würde uns gleich in Polen verraten. Die anderen Jüdinnen in Steegen hofften, daß sie die Genehmigung für ein Überwintern bei ihren Bauern erhalten würden. Die Engländer teilten uns die im Radio gemeldeten Niederlagen mit, die Front rückte näher, der November auch, der Monat, in dem stets zahlreiche Opfer liquidiert wurden...

Im Nebel zogen wir Zuckerrüben. Die feuchte Erde heftete sich an die klumpigen Holzschuhe und erschwerte jeden Schritt. Die Handgelenke schmerzten. Es regnete. Nach alter Bauernregel mußten wir bis zur völligen Durchnässung arbeiten. Wenn wir dann in der Mansarde anlangten, hatten wir nichts zum Wechseln und zogen alles aus; am nächsten Morgen waren die Kleider noch immer feucht.

*

Wir standen auf dem Feld. Es war Sonntag nachmittag.

Wir sollten »köpfen«. Die Rüben gingen kaum heraus. Unsere Hände waren steif, wir brachten nicht viel fertig. Da kam ein Junge gelaufen: »Gerda soll nach Hause kommen!« rief er. Ich ging mit dem Kind zurück zum Hof, dachte, ich müsse nun sicher den Kuhstall ausmisten. Frau Gerbrandt kam mir freundlich entgegen und sagte: »Sie haben Besuch.«

Als ich die gute Stube der Bäuerin betrat, kam mir ein junger Soldat entgegen. »Gelobt sei Jesus Christus«, sagte er und gab mir die Hand. Er bat mich, ihm Vertrauen zu schenken, und zog einen Brief meines priesterlichen Freundes in Leipzig aus seiner Tasche. Josef Gülden war inzwischen Studentenpfarrer geworden. In seiner Gemeinde hatte er einen Studenten, Karl Mittnacht, der mit einer Danziger Familie befreundet war. Er war vertrauenswürdig, Gülden konnte mit ihm alles besprechen und ihn bitten, bei der Familie Pfürtner in Danzig einmal anzufragen, ob sie mir helfen würde. Familie Pfürtner war dazu bereit. Vor mir stand Hubertus, der zweitälteste Sohn, vor kurzer Zeit erst in einen Prozeß beim Volksgerichtshof in Lübeck verwickelt und gerade noch mit dem Leben davongekommen. Ich berichtete ihm in groben Zügen, was hinter mir lag und was uns drei Mädchen in Kürze bevorstand; auch, daß wir uns mit Fluchtgedanken trügen. Zuversichtlich meinte Hubertus, die Flucht müsse ermöglicht werden, er wolle helfen.

Mit dem Versprechen, am nächsten Tag wiederzukommen, schwang er sich auf sein Fahrrad in Richtung Danzig.

Nachdem ich Ellen, Ida und Frau Gerbrandt eingeweiht hatte, erwarteten wir halb hoffnungsvoll, halb zweifelnd den nächsten Abend. Die Bäuerin versprach ebenfalls ihre Hilfe. Hubertus kam pünktlich, er brachte Kleider mit. Wir berieten uns und machten einen genauen Plan. Am kommenden Freitag würden wir uns in den Abendzug nach Danzig setzen, am Bahnhof wollte Hubertus uns erwarten. Ellen und Ida würden, mit Schülerausweisen versehen, nach Mitteldeutschland weiterfahren. Es würde nicht auffallen, da bereits viele aus dem Osten, Evakuierte mit geringer Habe, durch Deutschlands Straßen und Städte zogen. Die Hauptsache war, aus dem Bezirk Danzig herauszukommen. Eine zu erwartende Verfolgung nach der Flucht würde sich nur auf diesen Umkreis erstrecken. Für meine Unterbringung wollte Hubertus' Mutter sorgen. Er gab keinen Kommentar ab, aber ich entnahm seinen Bemerkungen, ich würde in Danzig bleiben.

Ein drittes Mal kam Hubertus, um die Ausweise zu bringen. Die Bäuerin ließ uns nicht mehr schwer arbeiten, wir sollten Kräfte sammeln. Aber nach außen durfte nichts verlauten; die Engländer und die deutschen Knechte glaubten, wir würden in einer Woche nach Stutthof zurückgehen.

*

Am Freitag saßen wir dann im Kuhstall, pulten Zwiebeln, um uns herum das Treiben von Mensch und Tier.

Endlich Feierabend. Frau Gerbrandt brachte uns selbst die Abendbrotschüssel. Dann schlüpften wir in unsere

Kammer, zogen die Sträflingskleider aus und versteckten sie im hintersten Gerümpel auf dem Boden. Wir mußten ganz leise machen, die ukrainischen Arbeiter, die auch auf dem Boden hausten, hätten uns beim leisesten Verdacht verraten.

18.30 Uhr – Zeit zum Aufbruch. Es klopfte an die Tür – Hulda! Ein letztes Lebewohl, ein Dank, ein Händedruck.

Ellen und ich gingen zum Bahnhof. Ida sollte allein nachkommen und in einem anderen Abteil fahren; erst an der Fähre Nickelswalde beim Umsteigen wollten wir zusammentreffen. Bei strömendem Regen gingen wir durch die Dunkelheit zum Bahnhof. Die Bluthunde würden unsere Spur nicht finden. Ellens Schuh blieb im Schlamm stecken, erst nach langem Suchen fand sie ihn wieder. Es war höchste Zeit, wir mußten uns beeilen. Der Zug wurde in Stutthof eingesetzt. In dem dunklen Abteil, in das wir einstiegen, saßen zwei Frauen; sie unterhielten sich über das Waldlager. Ellen und ich redeten kein Wort. Wir rückten unsere Turbane zurecht. Als der Schaffner kam, verlangte ich gleichgültig in ostpreußischem Dialekt zwei Karten nach Danzig. Nach kurzer Eisenbahnfahrt leuchtete uns plötzlich grell eine Taschenlampe ins Gesicht – der Fahrkartenkontrolleur.

Endlich stiegen wir in Nickelswalde aus und spähten nach Ida. Sie war nicht unter den wenigen Reisenden, sie kam nicht. Uns wurde klar, daß sie ihren eigenen Weg gegangen war. Als Polin zog es sie in die Heimat. Wir nahmen an, Hulda würde sie bei dem Bauern, der ein Mädchen hatte unterbringen wollen, zunächst verstecken.

Etwas niedergeschlagen über Idas Ausbleiben saßen wir im Zug nach Danzig. An der Sperre gab ich mit gleichgültiger Miene die Fahrkarten ab. Hubertus war mit Schwester Rosmarie zur Stelle. Zunächst gingen wir kreuz und quer durch einige Straßen, um möglicher Bespitzelung zu entgehen, und versuchten zu erklären, wieso wir nur zu zweit gekommen waren. Dann trennte ich mich von der Kameradin der schwersten Tage meines Lebens.

Hubertus ging mit Ellen, Rosmarie mit mir. Nach kurzer Fahrt mit der Straßenbahn langten wir in ihrem Elternhause an. In einem hell erleuchteten, warmen Zimmer saßen zwei Herren im Frack sowie einige junge Mädchen in seidenen Kleidern. Eine mütterlich gütige Frau brachte Tee und Kuchen. Alle begrüßten mich und hießen mich willkommen. Ich wurde in ein blumengeschmücktes Zimmer geführt, es sollte mein Zimmer werden. In einem schneeweiß überzogenen Bett sollte ich fortan schlafen. Stumm ließ ich alles über mich ergehen. Herr und Frau Pfürtner feierten an diesem Tag, dem 10. November 1944, ihre silberne Hochzeit — ich kam sozusagen als letzter Gast.

Nach einer guten Stunde erschien Hubertus. Ellen war von einem anderen Bahnhof aus weitergereist, Hubertus hatte ihr mehrere Adressen von zuverlässigen Freunden in Dirschau und Umgebung aufgeschrieben, bei denen sie in den nächsten Tagen Unterkunft finden würde. Es wurde ihr wirklich weitergeholfen, und ich nehme voraus, daß unsere Flucht auf getrennten Wegen allen dreien geglückt ist.

*

In meinem weiß bezogenen Bett träumte ich oft: Ich arbeitete in einer Sträflingskolonne, mußte schwere Steine heben, tragen, weitergeben … und laufen, laufen …, viele Male erwachte ich und wußte nicht, wo ich war.

Die Familie war überaus liebevoll und erwies mir soviel Freundlichkeit, daß ich mich bald beruhigte und Zugehörigkeit empfand. Das Haus durfte ich nicht verlassen, trug auch danach kein Verlangen. Um eine Mitwisserin auszuschalten, war das Dienstmädchen entlassen worden. So machte ich die Hausarbeit. Wenn Besuch kam, blieb ich auf meinem Zimmer, wo die Zeit bei guter Lektüre schnell verstrich. Meine noch sehr kurzen Haare rieb ich nachts mit Zwiebelsaft ein. Der Erfolg war gut: Schon nach wenigen Wochen konnte ich einen Scheitel ziehen.

Zwei Wochen vor Weihnachten besuchte mich der priesterliche Freund. Es war ihm gelungen, für einen Vortragsabend in Danzig Fahrerlaubnis zu bekommen.

Die friedlichen Wochen in dem nestwarmen Haus im Jäschkentaler Weg 16 wurden durch die Gedanken an meine Schwester und die Freundinnen und an die vielen, die ich in den Lagern wußte, getrübt. Helga war sechs Wochen nach mir in Stutthof eingetroffen und als Schneiderin in einem Innenkommando tätig. Mehr hatte ich von dem Posten Stefan W., der mir diese Nachricht in Steegen überbracht hatte, nicht erfahren können.

Rosmarie, die auf der Danziger Werft arbeitete und schon frühmorgens das Haus verließ, berichtete oft, daß sie Kolonnen von Häftlingen, Frauen ohne Schuhe, habe ziehen sehen. Dann wurde mir der Aufenthalt im warmen Zimmer nicht leicht. Das Haus, in dem ich versteckt war, lag übrigens weder geschützt noch abgelegen. In einer großen Villa gegenüber wohnte ein hoher Gestapo-Offizier, der — hätte ich die Gardine nicht vorgezogen — in mein Zimmer hätte sehen können. Ein kleines Stück weiter auf der anderen Straßenseite standen Baracken der NSDAP. Ich konnte daher nur an wirklich dunklen Abenden kurz in den Hof gehen, um frische Luft zu schnappen.

*

Im Januar 1945 setzte starke Kälte ein. Die russische Front brach weiter durch. Tausende von Menschen mußten ihre Bündel packen und fliehen. In überfüllten Zügen, auf Schlitten, Wagen oder in Pferdetrecks versuchten sie, nach Mittel- oder Norddeutschland zu kommen. Die Landstraßen waren verstopft von Frauen und Kindern, die keine Fahrgelegenheit hatten; in den Straßengräben lagen Hunderte von Menschen, verhungert, erfroren. Danzig wurde mit Flüchtlingen überschwemmt. Auch die Töchter Pfürtner hatten sich auf die Reise nach Süddeutschland begeben. Herr Pfürtner hatte geschäftlich in Berlin zu tun, die drei Söhne waren an der Front. Frau Pfürtner blieb mit mir zurück. Wir wollten, wenn irgend möglich, das Häuschen erhalten.

Schmalhans wurde unser Küchenmeister. Frau Pfürtners Lebensmittelkarte ernährte mich mit. Beim Abholen ihrer neuen Lebensmittelkarte auf dem Amt hörte sie, wie eine Frau von ihrer Flucht aus Osterode berichtete: Innerhalb von zehn Minuten hatte sie mit drei Kindern ihr Haus verlassen müssen. Sie hatte keinerlei Legitimationspapiere, erhielt aber trotzdem für sich und ihre Kinder Lebensmittelkarten ausgehändigt.

Am nächsten Morgen ging ich zur Kartenstelle und berichtete von meiner angeblichen Flucht aus Osterode und dem Verlust meiner Tasche mit Ausweispapieren. Nach einigem Hin und Her wurde mir gesagt, wenn ich in Danzig Aufenthalt nehmen wolle, müßte ich mich zunächst bei der Polizeibehörde melden. Mit einigem Herzklopfen ging ich zur Polizei. »Lieselotte Stendal aus Osterode, Markt 12« erhielt einen roten Anmeldezettel, er wurde abgestempelt. Mit ihm ging ich zurück zur Kartenstelle und bekam eine Lebensmittelkarte.

In der Baracken der NSDAP sah ich Tag und Nacht Licht brennen. Lastautos fuhren leer vor und schwerbepackt davon. Der Gestapo-Offizier von gegenüber reiste ab; wir hörten, daß die gesamten Gestapo-Leute Danzig verlassen hätten.

Ein Freund von Hubertus lag mit seiner Sanitätskompanie in der ehemaligen orthopädischen Klinik von Professor Watermann in Silberhammer, die inzwischen Ortslazarett geworden war. Er besuchte uns öfter, wir konnten ihm vertrauen. Er klagte über den Mangel an Pflegepersonal im Lazarett bei der großen Zahl von Verwundeten. Frau Pfürtner und ich waren bereit zu helfen. Nach Rücksprache mit dem Kompanieführer und dem Oberstabsarzt wurden wir als Hilfsschwestern eingestellt.

Frau Pfürtner stellte mich als ihre Nichte vor. Schon nach kurzer Zeit hatten wir uns eingearbeitet und wurden zusammen mit einem Sanitäter mit der Pflege einer Station betraut. Wenn mich jemand auf meine kurzen Haare ansprach, sagte ich nur, sie wären bei einer Kopfgrippe ausgegangen.

*

Die Lage von Danzig und Umgebung wurde kritisch. Wir waren von allen Seiten eingekesselt. Die Eisenbahnzüge kamen nur noch bis Stolp. Die Fliegerangriffe fanden bei Tag und Nacht statt. Beträchtliche Teile und Hauptgebäude der bisher verschonten Stadt wurden getroffen. Frau Pfürtner und ich konnten abends nicht ohne Gefahr ins Jäschkental zurück und schliefen daher im ehemaligen Sprechzimmer des Gründers der Klinik. In der folgenden Woche schoß die russische Artillerie aus solcher Nähe, daß es ein Kunststück war, den Hof zu überqueren. Wir konnten die vielen Verwundeten, die täglich von der Front eintrafen, nicht mehr unterbringen und brachten daher so viele Leichtverwundete wie möglich ins Innere der Stadt, wo sie per Schiff weitergeschickt wurden. Nach dem Untergang der »Wilhelm Gustloff« und anderer Schiffe hatte keiner mehr Mut, sich auf ein Schiff zu begeben, aber da keine andere Möglichkeit bestand, aus dem Kessel herauszukommen, war jeder am Ende doch froh, wenn er überhaupt einen Schiffsplatz bekam.

Als das Schießen der Artillerie immer stärker wurde, mußten wir auch die Schwerverwundeten in die Stadt verlegen. Wir waren nun Hauptverbandsplatz; wir verbanden, verpflegten und transportierten weiter.

Am Tage vor Palmsonntag wurden wir den ganzen Vormittag über beschossen, Flieger schwirrten tief über das hügelige Gelände und schossen mit Bordwaffen zu uns herein. Im Schutz der Häuser beobachteten wir Luftgefechte zwischen deutschen und russischen Fliegern, die deutschen waren in der Minderzahl. Nachmittags erschien ein Hauptmann aus Hubertus' Regiment: Obgleich die Russen in Praust in nächster Nähe gegenüberstanden, blieb er Optimist. »Wir werden die Stadt Danzig halten«, versicherte er, »noch besteht keine dringende Gefahr.« Schon hörte man wieder die feindlichen Flugzeuge. Die Einschläge abgeworfener Bomben krachten in solcher Nähe, daß wir den Bunker aufsuchen mußten. Trotzdem sagte dieser Hauptmann: »Solange ich hier bin, passiert nichts!« Wenig später fuhr er in sein Quartier zurück; sein Auto wurde von einem Bombensplitter gestreift, und ein mitfahrender Arzt wurde dabei verletzt. Palmsonntag wurde der Hauptverbandsplatz aufgelöst, das nötigste Gerät wurde gepackt und aufgeladen. In der Nacht marschierte die Kompanie nach Neufehr, die Schwestern sollten am Morgen per Lkw nachkommen und bis dahin im Bunker bleiben. Ab 4 Uhr hielten wir uns bereit. Frontsoldaten verschanzten sich in den Häusern, sie sagten, »der Russe« säße auf einem kleinen Berg gegenüber, keine zwei Kilometer weit. Die Artillerie schoß immer wieder ...

Der Lkw blieb aus. Frau Pfürtner und ich brachen zu

Fuß auf, der Kompanieführer versprach, uns mit dem später eintreffenden Wagen unterwegs aufzulesen. Auf der Straße von Hochstrieß zur Husarenkaserne umsurrten uns Geschosse der russischen Artillerie, die beim Aufschlagen die Häuser sprengten. Brennende Trümmer flogen auf die Straße, um uns, über uns, vor – hinter – neben uns, wir liefen, was wir konnten, aber doch nicht schnell genug. Wieder platzte eine Granate, schlug in einen Baum. Ein brennender Ast fiel auf Frau Pfürtners Füße, riß ihr das Fleisch von der Wade, den Strumpf in Fetzen. Keuchend erreichten wir den Markt von Langfuhr, wo es etwas ruhiger wurde. Ein letzter Blick den Jäschkentaler Weg hinauf zu dem Haus, in dem wir glücklichere Stunden verlebt hatten, dann hasteten wir weiter. Ein lahmes Pferd, das einen kleinen Wagen zog, trabte auf der Straße. Frau Pfürtner konnte aufsitzen. Der Wagen fuhr so langsam, daß ich zu Fuß beinahe schneller vorwärtskam. Auf der Halben Allee lagen zu beiden Seiten tote Pferde, von Bordwaffen und Granaten getroffen oder vor Erschöpfung umgefallen. Eingeweide klafften aus ihren Bäuchen, andere waren bereits zerstückelt ...

Wir näherten uns dem Olivaer Tor. In der Allee hingen an vier Bäumen gespenstisch vier Soldaten, die wegen Fahnenflucht noch gehängt worden waren...

Endlich holte uns der Lazarettwagen ein. So schnell wie möglich fuhren wir zunächst aus der Schußlinie und erreichten nach einer halben Stunde Neufehr. Die Sanitätskompanie war in einer ehemaligen Schiffsreederei untergebracht worden. Alle waren an den Splittergräben beschäftigt, da es hier keine Bunker gab. Mit der Heimsuchung durch Flieger war zu rechnen, denn etwa die Hälfte der Danziger Bevölkerung war hierher geflüchtet. Aus dem Wald holten wir Tannenzweige, um die Gepäckwagen zu tarnen. Da kamen schon die Flugzeuge und warfen eine ordentliche Tracht Bomben ab. Aus Richtung der Stadt zog schwarzer Rauch auf, nach den Berichten der später Eintreffenden war sie zu dieser Stunde bereits nur noch ein brennender Trümmerhaufen, in dem viele umkamen.

Um 17 Uhr bestiegen wir mit einem beinamputierten Knaben ein Schiff. Während des Einsteigens wurden wir gefragt, ob wir der NSV angehörten, anderenfalls könnten wir nicht mit. Der Stabsarzt regelte die Angelegenheit zu unseren Gunsten. Als das Schiff abstieß, winkte Pfarrer Rüppell uns verzweifelt vom Ufer nach, wir wußten nicht, was wir davon halten sollten. In Kopenhagen, wo wir ihn bald wiedertrafen, erklärte er es: Ursprünglich hatten mit unserem Schiff der Gauleiter Albert Forster und seine Genossen mitfahren wollen, und die Marine hatte ein Attentat auf das Schiff geplant. In letzter Minute hatte Forster seinen Plan geändert und war nicht eingestiegen.

Als wir die Halbinsel Hela erreichten, dunkelte es. Auf einer Bahre brachten wir das amputierte Kind zur nächsten Krankensammelstelle; sie war überfüllt. Frau Pfürtner setzte sich zu dem Kind, das im Gang liegen mußte, ich verbrachte mit einer anderen Schwester die Nacht in einem leeren Auto.

Während eines Fliegerangriffs gingen wir am nächsten Morgen an Bord des alten Handelsschiffes »General St. Martin«, es hatte bereits 7 000 Verwundete aufgenommen. In den Schiffsräumen lagen die Soldaten auf Stroh und alten Säcken, die schweren Fälle waren in Kabinen untergebracht worden. Eine Schwimmweste diente als Kopfkissen.

Mit einem Fähnrich, Medizinstudent im dritten Semester, visitierte ich die Räume der Luke B. Wir sollten 750 Verwundete betreuen. Mehr, als eine Spritze zu geben und hie und da Schmerztabletten, konnten wir nicht tun.

Die Verpflegung bestand aus dünner Suppe und Schiffszwieback. Ich hatte Nachtwache. Wer einigermaßen gehen konnte, schleppte sich die Treppe hinauf an die frische Luft. In der zweiten Nacht bestand U-Boot-Gefahr, danach kamen die Flieger. Die Bordflak antwortete und verzeichnete einen Treffer.

*

Am Karfreitag 1945 legte »General St. Martin« im Kopenhagener Freihafen an. Wir sahen die hellen Lichter der schwedischen Küste herüberblinken. Ostersonntag konnten wir das Land sehen. An der Zitadelle, die von deutschen Soldaten besetzt war, wies man uns in das DRK-Schwesternheim nahe dem Königlichen Schloß in der Frederiksgade. Dort wurden wir gut aufgenommen und erholten uns in kurzer Zeit von den Strapazen. Bald machten wir wieder Dienst im Kopenhagener Freihafen, wo die Verwundeten in den großen Speicherhallen auf Stroh lagen. Ihre Verbände waren oft wochenlang nicht erneuert worden, die meisten Soldaten hatten Läuse.

Wir besaßen kaum Verbandszeug. Das Essen reichte für die ausgehungerten Menschen nicht. Manche waren von früheren Lazarettbehandlungen an Morphiumspritzen gewöhnt und jammerten furchtbar, da sie vor Schmerzen nicht schlafen konnten. Das Stöhnen in der Halle hörte nur auf, wenn ein Lazarettzug Verwundete aufnahm. Dann wurde die Halle gereinigt, die Decken wurden ausgeklopft, bis der Verwundetentransport aus dem nächsten Schiff alle Plätze neu belegte. Wegen Platzmangels konnten viele Lazarettschiffe im Hafen nicht ausgeladen werden, sie kamen alle von Pillau oder Hela. Es wurde kein Unterschied bei den Diensträngen gemacht: Der Hauptmann lag neben dem Gefreiten, der Unteroffizier neben dem Leutnant. Auch einen Ritterkreuzträger mit zerschossenem Kiefer beherbergten wir in dem verlausten Stroh.

Ein Landser hatte mit seinem wenigen Gepäck sein Hündchen gerettet. »Susi« lief vergnügt durch die große Halle, kehrte aber stets von selbst zu ihrem Herrn zurück. Einmal kamen drei leichtverwundete Offiziere zu Fuß. Der eine, den rechten Arm in einer Binde, musterte die Halle, in der emsig gearbeitet wurde, und fragte dann: »Haben Sie etwas für Offiziere?« Als der Feldwebel verneinte, zogen sie wieder ab.

Ein Stabsarzt wollte bei der Visite alle Wunden sehen. Wir entfernten die Verbände. An der Hand eines 19jährigen hing der kleine Finger nur noch an einem Stück Haut, eine blutige, zerfetzte Masse. »Schneiden Sie das Zeug weg«, sagte der Arzt zu mir. Mit einer Schere trug ich den Rest des Fingers ab, genauso bleich wie der kleine Patient, der die Zähne zusammenbiß.

Am schlechtesten ging es den Arm- und Beinamputierten. Ihre Verbände waren oft schmutzig und steif, so daß sie stanken und nur mit großer Anstrengung aufgeschnitten werden konnten. Wir erneuerten solche Verbände nur, wenn der Patient sich zu sehr quälte. Meist krochen Maden auf der Wunde. Die Infektionsgefahr war groß, die Halle kalt und zugig. Auch ich schleppte eine Erkältung mit mir herum.

Später verlegten wir unsere Patienten auf die andere Kaiseite in eine Halle neben der Küche; es war dort wärmer, der Essenstransport ging leichter vonstatten. Täglich trafen neue Schiffe mit Verwundeten ein. Die Nachricht von Hitlers Tod wurde freudig aufgenommen, jeder wartete auf die Bekanntgabe der Kapitulation.

*

Mit meiner Erkältung wurde es schlimmer, ich hatte Diphterie und mußte ins Krankenhaus. Im Bett vernahm ich dort am 5. Mai lauten Jubel auf den Straßen und beeilte mich fortan, gesund zu werden. Nach der Entlassung ging ich zu verschiedenen Stellen, um meine Identität wiederzugewinnen. So einfach war dies nicht. Rabbiner Dr. Friedinger schickte mich zu den Engländern. In der jetzt englisch besetzten Zitadelle sprach ich mit einem Offizier. Er sandte mich ins dänische Außenministerium. In dem großen Gebäude fragte ich mich durch und erhielt schließlich die Anweisung, mich beim dänischen Roten Kreuz auf der Zollstation zu melden. Dort war ein internationales Flüchtlingslager. Herr Erik Stubbe-Teglbjaerg, der Lagerleiter, hörte meinen Bericht mit Interesse an und schlug mir vor, ins Lager überzusiedeln. Noch einmal ging ich in das deutsche Schwesternheim zurück, um wenige Habseligkeiten zu holen. Frau Pfürtner hatte sich während meiner Krankheit in ein Lager für elternlose Kinder versetzen lassen. Die letzten Tage hatte ich ein Zimmer mit einer alten Frontschwester im Range eines Hauptmanns geteilt. Sie war erstaunt, als ich meine Sachen packte. Als ich ihr erklärte, weshalb ich ausziehen und in ein internationales Lager gehen wollte, herrschte sie mich an, ich sollte dann aber alles Gepäck dalassen, vor allem die Schuhe, die das Rote Kreuz mir zugeteilt hatte. Als ich das Zimmer verlassen wollte, stellte sie sich vor die Tür, und es kam zu einem grotesken Ringkampf, bei dem die Frau Hauptmann unterlag. Auf meine Bitte rief Herr Stubbe-Teglbjaerg später die Oberin des Heimes an, um ihr mitzuteilen, daß ich ausgezogen sei.

Das internationale Rote-Kreuz-Lager hatte Hunderte von Menschen aufgenommen, die infolge des Krieges gänzlich aus der Bahn gerissen worden waren. Das freundliche Volk der Dänen tat in den folgenden Wochen und Monaten hilfsbereit in einem beachtlichen, selbstlosen Einsatz alles, um ihnen den Weg zurück ins Leben zu erschließen.

Der Text entstand im Sommer 1946 in Vedbaek-Henriksholm, nahe Kopenhagen.

Aus dem Tagebuch von Dora Hansen

1942

Freitag: Verteilung der Lebensmittelkarten, aber keine Lebensmittel. Brot gerade 3 Scheiben à Person. Tagelang lebt man nun bloß von zweimal Kaffeetrinken und Brot. In einer Woche zwei vereiste Möhren, für zwei Personen etwa 2 kg, davon die Hälfte faul.

2. Februar: Helga Gottschalk 25 Jahre alt. Zur Feier Griesschokoladenpudding von meinem Gries und Kakao. Weiter Eiseskälte bis etwa 25 Grad Celsius.

4. Februar: Vom Friseursalon. Haare ganz bis zum Kopf stutzen lassen. Ausgang bei Wintersonne, stahlblauem Himmel, wäre schön, wenn nicht die Hölle wäre. An Harald hier zu denken, erscheint mir wie Blasphemie.

Ständig Sonne, Himmelsbläue, schwere Kälte. Ernährung durch Hilfe der Kinder besser. Verteilung kaum. Viele erfrieren und verhungern. Ernst Ilberg nach Salaspils zur Arbeit kommandiert. Mädchen zur Zeit schweren Dienst in Riga. Schneeschippen. Eishacken zum Teil im Ghetto.

14. März: Sollte wegen Alters nach Dünamünde. Ist noch rückgängig geworden. Arbeite in einem Lumpenlager 3 x die Woche, sonst zu Hause: Wassertragen, Eimer leeren, Lebensmittel erstehen. Teilweise in der Kleiderkammer geholfen. Seit 13 Wochen nun offene, erfrorene Zehenspitzen, die nicht heilen wollen.

Ostern: Für die Mädchen auf dem Kaffeetisch Bohnenkaffee und Flasche mit Eau de Cologne in Papier mit bunten Bändern. Kinder nachher einen Brotpudding gekocht.

1. Mai: War für Arbeitskommando Riga ausgesucht, bin wegen Alters überzählig zurückgeblieben.

Säge täglich Holz und versuche, etwas aufzutreiben. Lettenkommando, Holzkommando. Gewicht jetzt mit Stiefeln und allem 47 kg.

Kätzchen blühen. Aus dem Hof Schnittlauch geholt und in eine Schale für die Küche gepflanzt. Zweige, die ich Ostern pflückte, bis zur Blüte gebracht: Schneebälle, Flieder, Obst. Leider dann abgetrocknet. Im Hof in der Sonne gesessen. Mehrere (wie) Sommertage, dann wieder kühler.

15. Mai: Mädels nach Riga-Strand (Seebad). Kommen nicht wieder. Bin sehr traurig. Mit Frau Ilberg allein. Festes Kommando: Gartenbau am Lazarett. Umgraben, wassertragen und pumpen. Aufstehen 5 Uhr, Arbeitsbeginn 6 h. 2 Stunden Mittagspause, wo ich nach Hause gehe. Herrlich, den ganzen Tag in der Sonne, im Freien trotz schwerer Arbeit. Ganz braun gebrannt. Bezahlung: 1 Scheibe Brot.

15. Juni: Ernährungsverteilung miserabel. Tagelang keine Ausgabe, dann etwa 40 g Zucker, 100 g Mehl, alle paar Wochen 40 g Gries, 500 g Kartoffeln, alles knapp bemessen. Wenn Fleisch, 40 g: Zweimal in 6 Monaten 1 Stück Seife. Kleine Fische und vom Rhabarber die Blätter! »Starvation«.

Kommando Baulager der Luftwaffe, an der Düna gelegen. 1/2 6 h stellen, dann Dampferfahrt an Riga vorbei. Wunderbar. Die Rückfahrt um 5 h herrliche Erholung.

Arbeit bisher nicht schwer. Unfall: 2 Kisten mit Glas auf mein Bein gefallen. Am Fußgelenk Kontusion. Liege mit Umschlägen. Schlimm, da kein Grünzeug pflücken kann zur Ernährung: Nelke, Brennessel und Löwenzahn. Kein Holz besorgen.

Freundinnen rührend hilfreich. Bringen täglich kleine Essenshilfen.

Große Sehnsucht nach Kindern.

Wetterübergang hier sehr plötzlich. Am 18. April Winter minus 8 Grad und nächsten Tag plötzlich plus 10. Dann schnell wärmer bis zur Sommerwärme. Juni schon wieder vereinzelt herbstliche Tage. Hoffe aber noch auf Juli-August für Sommer. Richtiges Seeklima, selbst bei großer Wärme frischer Wind. Wenn kein Stacheldraht und genügend Holz und Essen, möchte ich wohl in Riga leben. Die Düna hinauf, zum Kommando: Baulager der Luftwaffe, allmorgendlich die Fahrt mit kleinem Arbeitsdampfer, wie bei uns im Hafen, ist so breit wie die Unterelbe bei Cuxhafen und von tiefer Himmelsbläue meist. Altstadt mit Schloß liegt am Ufer, z.T. durch Bomben zerstört. Die andere Seite liegt wie bei uns mit grünem Vorland, auf dem Vieh weidet. Geteilt in verschiedene Arme und Häfen. 2 große Eisenbrücken, 1 Pontonbrücke.

28. Juni: Ottheims Geburtstag. An Johanni haben unsere 4 Mädels uns Brot und einen Brief vom Riga-Strand geschickt. Sind Kellnerinnen dort. Haben es gut.

15. Juli: Wieder als Gärtnerin tätig. Bin froh darüber. Bringe Salat und junges Gemüse, Apfelkompott als Delikatesse. Arbeit von 6 h bis etwa 11 h, dann 3 h - 5 oder 6 h, wird auch manchmal später. 5 h Aufstehen.

31. Juli: Einen Tag Kommando: Heeresbekleidung, dann wieder abgebaut.

3. August: Kommando im Ghetto: Wehrmacht-Nähstube. 1 Stunde Probenähen an Singermaschine. Angenommen?

4. August: 7.10 h angetreten. 2 Hosen abgeliefert. Morgens von 3/4 5 − 1/2 6 h entfaltete sich eine lila Mohnblüte auf meinem Tisch. Leider keine Zeitlupenaufnahme machen können, tat es mit den Augen.

Arbeit macht Freude. Kommandant zur Besichtigung. Nahrungsmittelzulage.

16. August: Arbeitsleistung muß täglich gesteigert werden. Jetzt bin ich auf 2 Jacken, 3 Hosen Ablieferung pro Tag gekommen. Papierstoff soll Drillig sein.

1 x die Woche Lebensmittelzulage für Schwerstarbeiter: 100 g Zucker, 100 g Grütze, 125 g Fleisch, 50 g Kaffee diese Woche. Kochen zu Hause auf einem Stövchen, »Hexe« genannt. Seit 2 Tagen elektrische Küchenbeleuchtung gegen 1 Paar Strümpfe und 2 Scheiben Brot erreicht. Ernst Ilberg aus Salaspils zurückgekommen. Arbeitet als Kürschner im »Gewerbebetrieb«. Verschiedene Sonderzulagen an Brot, Fleisch, Butter retten mich vorm Verhungern. Eßgemeinschaft mit Ilbergs aufgehoben. Sonnabends und sonntags immer Holzsammeln für Herd.

4. Oktober: Sommerliches Herbstwetter. Sonntag. Grenzenlose Sehnsucht. Schwer, geduldig zu bleiben. Monat über im »Gewerbebetrieb« an der Nähmaschine 3 Jacken, 4 Hosen pro Tag abgeliefert. Arbeit ganz unaufregend, was wohltut. Nette, einfache Kolleginnen.

1. November: Herbstwetter. Sonst alles unverändert.

Stimmung der Wirtin unerfreulich und schwierig zu ertragen. Mädels wieder zurück, haben reizende Wohnung, 2 Häuser nebenan. Sind lieb gegen mich und helfen, wo sie können.

9. November: Winter mit kaltem Zimmer, eisig, weil kein Holz. Sammle morgens 7 h Holzsplitter von Hauptplätzen in den Höfen Prag. Manchmal ein Sack voll. Leben sonst unverändert. Nette Frauen bei der Arbeit. Bekomme ab und zu einen Bissen ab oder heißen Kaffee. »Kommt ein Vogel geflogen«. Für 1 Scheit Holz wird Essen im Betrieb heiß gemacht. Tausche Sachen für Holz. Kälte wird empfindlich ohne Heizung. Steinfußboden. Habe Wäsche aufgehäuft in der Küche, die ja mein Wohnraum. Nachts im Bett aber schön mollig. 1/2 − 3/4 6 h aufstehen, Hexe anmachen, Grütze oder Kaffee kochen und etwas Wasser heiß machen. Jetzt eigene Hexe geliehen und eigenes Holz.

24. Dezember: Schönen Heiligabend mit Freunden gefeiert bei Tannenbaum und Lichtern. Tage vorher schon Kleinigkeiten bereitet, für's Kleeblatt, Wirtin, Freunde.

25. Dezember: Schöner Gottesdienst. Festlich zu Mute.

1943

Januar: Mit Frost und höchster Ungemütlichkeit. Im Raume Eiskälte, Schmutz. Dazu Hunger. Holz nur durch Geschenke lieber Menschen. Ein inneres Grausen.

1. Februar: Wenn die Hoffnung nicht in dem Menschen wäre!

1. März: Warmer Frühlingssonntag. Ob das Leben doch noch ein Mal wieder kommt für mich? Heute unendliche Sehnsucht nach den Kindern, Enkeln und Freunden.

Ab morgen Arbeitszeit 7 – 5 h mit 1 Stunde Mittagspause.

14. März:!!! Tag verlief – Sonnenschein ab 1/2 6 h morgens durchs Fenster. 1/2 9 h angefangen mit Wäsche, Reinemachen, Holzhacken, Kochen. Kartoffeln in Pilzsuppe (Geschenk von Emmy Hoffmann). Schlafen, nähen, etc. etc. Wenn nur erst ein 14. März mit ruhigen Gedanken wieder kommt. Jetzt möchte man nicht rückwärts gucken, denn das Heimweh ist zu groß. Pea hat mich einen Augenblick besucht, einzige Freude, und Cilly Schwaigers Gesicht auch.

1. April: Frühling, aber hier alles, was grünen könnte, abgeholzt. Habe ein paar Flieder- und Obstzweige noch gerupft, die anfangen, in der Vase zu grünen. Am 30. März in Gedanken nach Genf gefahren.

6. April: Entlassen aus dem Kommando. 60 Maschinen plötzlich abgeholt.

12. April: Bin zur Stopferei versetzt. Kaum Arbeit, sehr bequem.

16. April: Fuß mit kochendem Wasser beim Hereintragen um 9 h abends verbrüht.

18. April: Freundliche Begrüßung beim Erwachen durch Hausgenossen. Kuchen aus Kartoffeln gebacken. Kaffee bei den Kindern mit Gebäck und kleinem Geburtstagstisch mit Seife und Fleisch.

25. April (Ostern): Warmes Sommerwetter. Leichteste Sommerkleidung. Morgenkaffee am gedeckten Tisch mit jungem Grün und gekochtem Ei.

9. Mai: Sommer mit Sommernächten. Luft bei der Arbeit fürchterlich, weil 100 Frauen kaum erlauben, daß ein Fenster im Saal geöffnet bleibt. Versuche nachher noch Holz zu hacken, im Freien die Lungen wieder klar zu bekommen. Habe Aufträge für Strümpfestopfen gegen Essen. Im Hof Gärten und Bänke angelegt. Sitze zur Arbeit in der Sonne unter der Linde. War bei meiner kleinen Helga zum Mittagessen eingeladen. Graupensuppe, Pellkartoffeln mit Zwiebelbutter. Kaffee mit selbstgebranntem Kandis. Ghettodiner! Aber schön, eingeladen zu werden.

23. Mai: Wieder ein Sonntag voll Bläue und Sonne. An dem Geburtstag von Ibi und Rudolf schweres Heimweh gehabt. Manchmal das Gefühl, es nicht mehr aushalten zu können. Ausspruch von Emmy: »Man gibt sich Mühe, zufrieden zu sein.« Stimmungsbild!

Habe Privatarbeit zum Verdienen von Lebensmitteln. Stopfen und Stricken, dafür Brot, Nährmittel, Kartoffeln. Bin heute ohne ein bißchen Fett.

13. Juni (Pfingsten): 2. Pfingsten in Gefangenschaft. Herrlicher Sonnenaufgang um 3 h morgens. Aber was wird?

27. Juni: Sonntag mit Regen, von 1/2 8 h morgens bis 8 h abends Strümpfe gestopft, als Erwerb bekomme ich dafür mal fertiges Essen oder Kartoffeln oder Brot oder Grütze. Nutze jede freie Zeit für diese Arbeit, um durchzukommen. Habe augenblicklich 10 Paar Strümpfe zu stopfen, 1 Paar Männersocken zu stricken. Für die Socken bekomme ich 1 kg Grütze, resp. Nährmittel und Frischgemüse. Aber es macht neben der Kommandoarbeit die Nerven kaputt. Keinen Augenblick Atempause.

Heute abend Einladung bei Liesl zum Abendessen. Wirklich wie zu Hause bei gedecktem Tisch und 3 Gängen. War sehr wohltuend.

9. Juli: Woche und Sonntage voll Arbeit: Bekomme für die Arbeit des öfteren gutes Essen geschickt, was gut, da wenig Holz. Habe jetzt ganz vereiterte Finger, am linken Daumen der Nagel fort. Große Schmerzen mit Blutvergiftung.

8. August: Sonntag. Finger heilen endlich. Möchte heute noch 10 Paar Strümpfe stopfen und liefern. Komme vor Reinemachen, Wäsche und Arbeit kaum zum Lesen, habe etwas Nettes: von Donard Estannie »Schwester Therese« (von Sacre Coeur).

Habe mich manicuren lassen, da Hände unmöglich mehr anzusehen, nächste Woche wieder. Bezahlung: Holz und Zigaretten.

15. August: Heute 12 Paar Strümpfe von Letten bekommen zum Stopfen. Dafür 3 Pfund Brot, etwas Butter bisher, hoffe noch auf Ei. Habe heute Sonntag von 1/2 6 − 1/2 8 abends gearbeitet, nur mit kurzer Unterbrechung von 4 − 5 h zum Reservelazarett und Blumenpflücken.

22. August: Sonntag. Seit 2 Tagen sind meine Gottschalkkinder auf der Durchfahrt nach Lenta vom Torf wieder hier. Nun ist das Herz wieder warm. Herbstwetter. Habe chronischen Schnupfen, worunter Nerven sehr leiden. Lebe seit voriger Woche auch allerdings mit den Nachbarn in guter Gemeinschaft. Habe wieder neue Kundschaft. Habe gestern zum 1. Mal den ganzen Nachmittag verbummelt: 1 Stunde auf der Wiese in »Dortmund« gelegen.

29. August: Tage am Morgen herbstlich, mittags fein

sommerlich. Habe Sehnsucht an den Strand und überhaupt. Mein Nachbar seit 3 Tagen kaserniert. »Precu« Eisenbahn. Bin dadurch im Besitz einer großen Hexe, die nicht raucht. Heute eine Hose zum Flicken bekommen, ob's gelingt? Bin beim Nasenarzt gewesen: Guggenheim. Pinselt die Nase 2 x die Woche; besser, aber noch nicht gut. Arzt hat eine wunderbar leichte Hand. Ärzte z.T. hier ganz bedeutend.

4. September: Liege bei Sonnenschein und dunkelblauem Himmel im blühenden Gras »Gruppe Dortmund«. Komme mir vor wie Stimmung der »Feldeinsamkeit«, bin übrigens noch herrlich in meinem Reich allein, sehr glücklich über die neue Hexe, die mit wenig Holz 3 Töpfe zum Kochen bringt und nicht raucht. Kann nun den Raum besser sauber halten. Lese Fontane.

11. September: Woche hingegangen. Viel Arbeit. Z.T. sehr gutes Essen bekommen.

19. September: Ruhe morgens im Bett bis 1/2 9 h. Herbstwetter sehr schön. Wo die Kinder wohl sind. Daß man sie nicht zu finden weiß!! Überhaupt laufen die Gedanken unausgesetzt mit allen Fragezeichen zu den lieben Freunden in der Heimat wie ein Mühlenrad.

Soll Kindergamaschenhose stricken. Nehme alle angebotene Arbeit an. Fand englische Bücher und bin glücklich darüber. »Ships that pass in the night«. The patrician v. Galsworthy. »Christuslegenden« von Lagerlöf.

26. September: Sonntag. Hohes Fieber. Nachts Schüttelfrost. Gesichtsrose.

3. Oktober: Sonntag. Wieder gesund, aber noch nicht im Betrieb. Nur dank Fürsorge nicht verhungert. Habe trotz Krankheit Strümpfe gestopft, aber wenig eingenommen.

Stricke jetzt Gamaschenhöschen. Lese Auerbachs Dorfgeschichten. Herbstwetter, aber Gott sei Dank noch nicht kalt.

10. Oktober: Sonntag: Sonnentag. Warmes Herbstwetter. Birke, Ahorn und Linde im Hof färben sich bunt. Habe 2 Stunden auf der Fensterbank in der warmen Sonne meine Strickarbeit (Gamaschenhöschen für 2jährigen) gemacht. Ruhiger, friedlicher Sonntag. Hier alles in Auflösung. Frauen über 50 alle hierher zurück vom Kaiserwald.

16. Oktober: Die Woche mit viel Arbeit hingegangen. Lohn für Gamaschenhöschen 2jährig, 1/2 Pfund Fettigkeit, 2 Pfund Nährmittel (Grütze). Wieder neue Aufträge. Ärmel an Kinderpullover stricken. Herrenwäsche ausbessern, Strümpfe stopfen. Habe mich entschlossen, in der Gemeinschaftsküche zu essen. Das ewige Stopfen wird schwer, bis spät in die Nacht.

Pea von »Lenta« zurück, sollte nach »Kaiserwald«, ist Gott sei Dank noch krank, liegt bei Ilbergs.

31. Oktober: Aufgepackt zur Kasernierung nach Straßdenhof. Stehen, aufgeladen auf Autos, durch Riga-Vorstadt hinaus an die Jugla. Dort ein Fabrikgebäude mit Mauern, an der einen Seite Wasser, an der andern schöner Blick auf Wiese und Wald. K.Z.! Schlafsaal mit 500 Frauen!!! Arbeitssaal unter dem Dach. Aber Heizung.

15. November: Nun schon 3 Wochen in diesem Elend. Hunger und Grauen vor Menschen-Bestien. Wenn nur bald die Erlösung käme. Ich bin bereit für jede Form. Der Unterscharführer beim Appell mit dem Gummiknüppel über meinem Kopf. Nasenbluten. Nasenbein angebrochen, aber keine Schmerzen.

28. November: 4 Wochen KZ! sagt alles.

5. Dezember: Sonntag. Wieder ein Sonntag. Die 5. Woche in Straßdenhof. Wenn nur immer Arbeit ist, daß der Tag dahingeht. 2. Adventssonntag. Manchen Tag ohne Arbeit dasitzen ist schlimm. Essen: morgens heißen Kaffee, mittags: auf Fleisch gekochte Wassersuppe, ohne etwas darin, etwa 1/2 l, um 1/2 7 h 250 g Brot mit Fett (Schmalz − gut) oder Margarine und mal etwas Wurst, oder Quark oder 1 Teelöffel Marmelade. Brot meist abends schon ganz aufgegessen, also den Vormittag hungern. Nur nicht rückwärts denken.

12. Dezember: Essen: morgens ganz heißen, dünnen Kaffee, mittags Wasserbrühe, abends 250 g sehr gutes Brot mit Fett oder Marmelade, 1 Scheibe Wurst oder 1 1/2 Teelöffel Zucker. Ob der Körper das lange aushält? Die Beine tragen schon kaum, gut, daß die Arbeit sitzend in warmem Raum ist, Himmel, Wasser sowie Färbung von Wasser und Wald wunderbar. Sehe es nur noch Sonntag bei Tageslicht.

1. Weihnachtstag: Keine Arbeit. Fürchterliches Getobe im Block.

31. Dezember: Nur nicht denken. Gearbeitet bis 11 h.

1944

8. Januar: Die Woche verfliegt. Lärm, Läuse, Hetzjagd ums Wasser, um Kaffee, um Essen, um Brot. Das Essen: Wasser mit 1 Kartoffel. Keinerlei Beihilfe.

23. Januar: Sonntag! Warme Douche, sonst Hunger!

30. Januar: Hunger, Mattigkeit. Pea süß! Inneres Nicht-mehrkönnen! Wie lange noch? »Sterben, schlafen, vielleicht auch träumen...«

6. Februar: Lasse mir für Bezahlung mit 1 Scheibe Brot 1x in der Woche warmes Wasser zum Waschen heraufholen. Großer Luxus. Hunger wächst immer mehr, ebenso die Schwäche in den Beinen und Gliedern. War heute ganz schwach. Im Saal 2 ein Christbaum mit elektrischem Licht vom Lagerältesten Hans für sich und die Wache. Darum Feier mit Menschen und Kabarett. Bin wieder hinaufgegangen und zu Bett.

20. Februar: Wieder eine Woche vorbei. Habe durch Hergabe meiner Jacke 2 Tage mit Butterbrot keinen großen Hunger. Was der aus uns macht! Hoffe noch einmal, es besser zu haben. Seit 4 Tagen Winterkälte, trotzdem heute die warme Sonntagsdouche. Heute abend wieder ein bißchen ins Kabarett. Dann denkt man mal nicht trotz des gräßlichen Lärms und Gedränges.

27. Februar: Eine Woche wie die andere. Jetzt in neuer Arbeitseinteilung wieder an meinem netten Tisch. Seit einer Woche dicke Suppe.

5. März: Winter und Schnee und Wind. Himmelsfärbung wunderbar, sonst alles wie immer. Die bessere Suppe hält an. Pea süß und vorsorglich.

Im Juli 1944 wurde Dora Hansen mit 300 anderen Häftlingen auf einen Lastwagen verladen, der in den Hochwald fuhr, wo alle erschossen wurden.

Ein Zusammentreffen

Meine Bekanntschaft mit Gerda Gottschalk verdanke ich einer alten Jüdin, die in einem Leipziger Altersheim lebt. Durch eine Publikation von mir über die Geschichte der Juden in unserer Stadt kamen wir in Kontakt. Die alte Dame, über neunzig und von einer erstaunlichen geistigen Frische, erzählte mir vom Oratorium des heiligen Philipp Neri in Leipzig-Lindenau und Pfarrer Theo Gunkel, der mehrere Juden gerettet hatte. Auch sie verdankt ihm ihr Leben.

Bis zum Februar 1945 war sie als Frau eines »Ariers« geschützt gewesen, dann sollte sie noch mit dem letzten Transport vor Kriegsende in das Konzentrationslager Theresienstadt kommen. Gunkel half ihr, in die Illegalität zu gehen, und versteckte sie bis zur Befreiung bei Gemeindemitgliedern.

Der letzte Oratorianer, der die Jahre der Naziherrschaft in Leipzig miterlebte, ist Dr. Josef Gülden. Als ich ihn aufsuchte, um ihn über jene Zeit zu befragen, berichtete er mir vom langen Leidensweg der Gerda Gottschalk.

Ihr Vater, Justizrat Dr. Hermann Gottschalk, war Jude. Die unmenschliche Rassengesetzgebung der Nationalsozialisten brachte viel Leid über die Familie Gottschalk. Schon 1933 wurde ihr ältester Bruder als Leiter einer sozialistischen Studentengruppe verhaftet. Er kam 1937 im Konzentrationslager Dachau ums Leben.

Ihre Schwester Gabriele hatte zum Glück ein Jahr zuvor Deutschland verlassen können. Die Schwester Erica arbeitete auch in einer Widerstandsgruppe. Sie wurde denunziert und verhaftet und erhielt drei Jahre Zuchthaus. Mit Hilfe ihres Vaters gelang ihr anschließend die Ausreise nach Schweden.

Helga und Gerda aber stand das Schlimmste bevor. Wie verkraftet das alles ein Mensch?

Aus der gepflegten, gutbürgerlichen Atmosphäre der Gohliser Wohnung mußte die Familie in ein sogenanntes Judenhaus umziehen. In diesen Gebäuden lebten die Leipziger Juden auf engem Raum bis zur Deportation in die Ghettos oder Konzentrationslager. Für Helga und Gerda Gottschalk begann der Abstieg in die Hölle mit dem Transport in das Rigaer Ghetto. Der jahrelange Überlebenskampf endete mit dem Verlust von Gerdas Schwester. Auch sie wurde Opfer des unmenschlichen Systems. Gerda wurde gerettet.

Sie fand bald nach ihrer Rettung die Kraft, die Jahre der Tortur in einem Erlebnisbericht festzuhalten, und widmete diesen ihren »barmherzigen Freunden«. Das sind vor allem Dr. Gülden, der die Rettungsaktion einleitete, und die Familie Pfürtner, die sie unter Lebensgefahr zum guten Ende führte.

Der 1946 in einem internationalen Flüchtlingslager in Vedbaek-Henriksholm bei Kopenhagen aufgeschriebene Bericht ist für Leipzig das einzige Dokument einer Betroffenen.

Wieder in ihrer Heimatstadt, setzte Gerda Gottschalk dort an, wo das Nazi-System ihren Weg unterbrochen hatte. Sie wollte als Schauspielerin arbeiten oder als Tänzerin. Beide künstlerischen Begabungen waren in jungen Jahren zum Ausdruck gekommen, und deshalb war sie in beiden Fächern ausgebildet worden. Ein Foto zeigt sie in den Nachkriegsjahren in einer Runde mit Mary Wigman, die als Choreographin an der Leipziger Oper arbeitete.

Im sächsischen Crimmitschaw spielte Gerda Gottschalk »Die heilige Johanna« von Shaw. Als Schauspielerin nannte sie sich mit Vornamen »Péer«. Die Zeitschrift »Theater der Zeit« schrieb 1952: »Im Mittelpunkt stand Péer Gottschalk, die mit jugendlicher Hingabe und tiefer Einfühlung ihre Titelrolle überzeugend gestaltete. In der großen Szene vorm Inquisitionsgericht, in der sie nach Begnadigung zu lebenslänglicher Kerkerhaft ihre Unterwerfung unter die Macht der Kirche widerruft und nach Freiheit und Leben aufschreit, übte sie ihre stärkste Wirkung aus.« Keiner im Parkett konnte ahnen, welche Art von Kerkerhaft diese junge Schauspielerin, die so überzeugend als »heilige Johanna« auftrat, wenige Jahre zuvor erlebt hatte.

Als wir das erste Mal zusammen telefonierten, fiel mir ihre kultivierte, jugendliche Stimme auf − die klang gar nicht »altersgemäß«.

Als ich sie in Konstanz besuchen konnte, holte sie mich vom Bahnhof ab und rannte mit mir in größter Hitze zum Bus. Sie hat eine gute Kondition, schwimmt immer noch gern. Im Bus lachte sie über meine ersten sächsischen Laute.

In Konstanz arbeitet sie als Geschäftsführerin in der Gesellschaft für christlich-jüdische Zusammenarbeit. Wer wäre für eine solche Arbeit besser geeignet als sie?

Gerda Gottschalk erzählt mir, daß sie in jener Kupfergasse in Leipzig, wo ich seit Jahren Kabarett spiele, Unterricht in Tanz, Step, Akrobatik und Bewegungschor erhielt. Als sie noch die Kraft hatte, tanzte sie für ihre Mithäftlinge! Für Minuten waren sie dann vielleicht abgelenkt von diesem furchtbaren Elend, das sie umgab.

Dann nannten sie Péer die »Ballerina von Straßdenhof«.

Und der Name eines Konzentrationslagers bekam für kurze Zeit eine völlig andere Bedeutung.

Besonders befreundet war Gerda Gottschalk mit Dora Hansen. Sie kannten sich noch aus guten Leipziger Tagen. Dora Hansen war die Frau des Rechtsanwalts Harald Hansen, der 1938 starb und seine jüdische Frau nicht mehr schützen konnte. Sie war ebenfalls zum katholischen Glauben übergetreten. Dora Hansen versuchte bis zuletzt, mit aller Kraft gegen das dumpfe Leben im Ghetto und im Lager Widerstand zu leisten, sich nicht aufzugeben, führte Gespräche über Religion und Kunst.

In ihrer Niederschrift taucht eine Pea auf. Das ist Gerda Gottschalk, deren Künstler-Vornamen Péer sie nicht richtig wiedergibt.

»Pea, mein einziger Trost.«

Gerda Gottschalk hat es als ihr Vermächtnis angesehen, die ihr von Dora Hansen übergebenen Notizen unter allen Umständen über die Lagerzeit zu retten. Und sie hat es geschafft.

Professor Renate Drucker aus Leipzig kannte Dora Hansen. Sie sagte mir über diese: »Sie war furchtbar mutig! In der ›Kristallnacht‹ hat sie viele Leute aufgenommen, die sich nicht nach Hause trauten.«

Im Haus eines Leipziger Freundes führte ich mit einer Frau ein Gespräch, die ebenfalls zu den Verfolgten des Naziregimes zählt. Es stellte sich heraus, daß ihre Adoptivmutter jene Frau Dr. Frankenstein ist, die Dora Hansen gleich am Anfang ihrer Notizen erwähnt... Die beiden Frauen sind mit Gerda Gottschalk die wenigen Überlebenden des Ghettos.

Ich habe ihr zugeredet, ihren Bericht, dieses wichtige und bedrückende Zeitdokument, als Buch zu veröffentlichen. Sie selbst hat sich nie darum bemüht, nachdem Auszüge Anfang der 60er Jahre im St. Benno Verlag in einem Jahrbuch erschienen waren.

Ihr »letzter Weg« ist uns Gedenken und Mahnung. Betroffenheit, vor allem bei jungen Menschen, läßt sich nicht über Zahlen und Fakten erreichen, sondern nur über persönliche Schicksale.

Zum Beispiel über diejenigen von Gerda Gottschalk und Dora Hansen.

Bernd-Lutz Lange

Vergessen heißt verraten —
Erinnerung ermöglicht Zukunft

Zugegeben, die voranstehenden Aufzeichnungen haben mich aus meiner lebensgeschichtlichen Verbundenheit mit der Verfasserin gefangengenommen. Dennoch vermag ich mir nicht vorzustellen, daß meine Betroffenheit vornehmlich diesen persönlichen Grund hat. Beim Lesen wiederholte sich, was ich — je länger, je mehr — erfahre, wenn ich mich mit dem nationalsozialistischen Terror befasse: Er versetzt mich in Sprachlosigkeit und Ohnmacht. Das Ausmaß an Unmenschlichkeit, das die damaligen »Herrenmenschen« über ihre Unterdrückten ausschütteten, macht mich fassungslos. Ich vermag gerade noch Stammelsätze vorzubringen: »Wie konnten Menschen nur Menschen so etwas antun?«... »Was waren das für Menschen?«... »Waren sie noch Menschen?« Aber auch die anderen Fragen: »Wo waren wir selbst eigentlich, als das alles geschah? Was haben wir davon wahrgenommen? Warum haben wir uns nicht bis aufs Blut gewehrt?« Am liebsten aber möchte ich mich ins Schweigen flüchten, in ein Schweigen der Trauer, in ein Verstummen aus Scham, ja, in abgrundtiefe Resignation.

So ist es meiner Frau und mir auch gegangen, als wir zusammen mit unseren damals noch kleinen Kindern auf dem Gelände von Stutthof standen. Wir hatten die Sommerferien 1983 für einen ersten Besuch nach dem Krieg in meiner Geburtsstadt Danzig genutzt. An Stutthof konnten wir nicht vorbeifahren. Die Polen haben eine

Gedenkstätte auf dem Gelände des ehemaligen Konzentrationslagers errichtet. Ich hatte mich damals, 1944, dem Gelände nicht zu nähern getraut. Jetzt traten wir durch das Lagertor, in die berüchtigten Baracken, gingen an den Wachtürmen und Stacheldrahtzäunen vorbei. Hier hatten sie also gelebt und gelitten, die Tausenden, unter ihnen Gerda Gottschalk mit Ellen und Ida. Alles glich, schauerlich wie eintönig, den Anlagen von Dachau und Auschwitz, von Maidanek, Neuengamme, oder wie sie sonst hießen. Die Erinnerungsstätte zeugte für die grausam-monotone Vernichtungsmaschinerie, die die SS und ihre Helfershelfer geradezu flächendeckend im »großdeutschen Reich« mit seinen besetzten Ostgebieten aufgebaut hatten. Lediglich das Mahnmal am Ende des Lagers, hoch in den fahlen Horizont zwischen der Ostsee und dem flachen Werderland ragend, gab dem Ort sein unverwechselbares Aussehen. Die polnischen Künstler haben Gesicht neben Gesicht versteinert aneinandergereiht. Die Unzähligen, die hier geknechtet worden oder zugrunde gegangen waren, umstanden uns: Stumm zur Sprache in Granit geworden, in unüberhörbarer Klage.

Am Eingang des Dokumentationsgebäudes lautete ein Verbotsschild der polnischen Verwaltungsbehörde: »Jugendliche unter 14 Jahren haben keinen Zutritt.« Unserer Kinder wegen gingen wir nicht hinein (und haben später diskutiert, ob wir sie in ihrem Alter überhaupt hierher hätten mitnehmen sollen). Aber schon die Informationen des gedruckten »Reiseführers« überstiegen unser Vorstellungsvermögen und machten mich sprachlos. Mit welcher Unkenntnis, mit welcher Naivität mußte ich im

November 1944 an dieser Realität vorbeigegangen sein? Vor Kriegsbeginn, also in den Jahren vor 1939, waren wir Jungen oft mit unseren Fahrrädern auf den Landstraßen des Freistaats Danzig über den kleinen Badeort Steegen durch das Bauerndorf Stutthof geradelt. Der Weg hatte uns nach Vogelsang auf die Frische Nehrung, einem schmalen Landstreifen zwischen Meer und Haff geführt. Unsere Schule besaß dort ein Landheim, eingebettet in Kiefernwälder und die weit ausladenden Sanddünen der Ostseeküste. In meiner Erinnerung war damit »heile Welt« verbunden, voll mit viel Freiheits- und Ferienerlebnissen, mit Klassenfreundschaften in Sommerfrische, eingetaucht in das helle Licht dieser nördlichen Meereslandschaft. Natürlich lag längst auch in meiner Vergangenheitsbewältigung über allem der jähe Einbruch der Verwüstungen, die Hitler und seine Komplizen uns mit ihren weltgeschichtlichen Verbrechen gebracht hatten. Aber nun erfuhr ich doch erstmals den vollen Umfang dessen, was sich in Stutthof ereignet hatte.

Mehr als 70000 Menschen sind auf den wenigen tausend Quadratmetern umgebracht worden. Das vergleichsweise kleine Lager war direkt im September 1939, unmittelbar nach dem Sieg der deutschen Truppen, aufgebaut worden. Es war Teil eines systematischen Vernichtungsplanes gewesen, der sich hier ursprünglich vor allem gegen die polnische Intelligenzia gerichtet hatte. Die ersten 250 Gefangenen waren Polen aus Danzig gewesen. Die Bildungsschicht dieses slavischen Volkes sollte gründlich dezimiert werden − und war in den fünf Kriegsjahren millionenfach getroffen worden. Die »arische Herrenrasse« hatte sich für ihr »tausendjähriges Reich« eine möglichst »minderwertige Masse von nichtarischen Arbeitssklaven« schaffen wollen.

Mit einem Mal ging mir die perfide Systematik für eine mir längst bekannte Tatsache auf. Priester in Danzig und Westpreußen waren allein dadurch lebensgefährlich bedroht gewesen, daß sie polnischer Abstammung oder Staatsangehörigkeit waren. Dann war Polenhaß zur Kirchenfeindschaft hinzugekommen und hatte die Wachmannschaften oft zu grauenerregendem Zynismus getrieben. Nur noch gegenüber Juden und Kommunisten hatten sich − wenn möglich − die Exzesse gesteigert. Aber es sollte, wie gesagt, keineswegs der Klerus allein, sondern die ganze polnische Intelligenzia getroffen werden. Freilich sind dann auch Angehörige anderer Nationen in Stutthof geschunden worden. Die karge Notiz des englischsprachigen Guide to Gdànsk − Sopot − Gdynia, den wir in der Hand hielten, las sich wie ein Martyrologium der europäischen Völker: »In diesem Lager waren Polen, Russen, Juden, Niederländer, Belgier, Franzosen, Tschechen, Litauer, Dänen, Norweger, Ungarn und Zigeuner gefangengehalten.«

Und weiter hieß es: »Zwischen 12000 und 15000 wurden noch während der Evakuierung des Lagers getötet.« Der Satz gab meinen damaligen Fragen über die reale Gefährdung Gerdas und ihrer beiden Gefährtinnen späte schreckliche Auskunft. Ich erinnerte mich bei seiner Lektüre an meine Zweifel, die ich noch im November 1944 gegenüber den Befürchtungen der drei Jüdinnen gehabt hatte. »Wir werden bestimmt umgebracht«, hatten sie bei unserem zweiten Treffen geltend gemacht, »wenn nicht zum 9. November, dann doch, sobald die SS-Mannschaft mit der heranrückenden Front das Lager räumen muß.« »Sind ihre Befürchtungen wirklich in diesem Ausmaß begründet? Übertreiben sie nicht, wenn auch aus verständlichen Ängsten?« hatte ich mich gefragt. Nach dem heutigen Erkenntnisstand erscheinen derartige Zweifel unbegreiflich. Ich gestehe jedoch offen: »Im ganzen hatte ich damals kein anderes Bild vom Charakter eines Konzentrationslagers als das offiziell verbreitete. Mit allen nur möglichen Mitteln von Propaganda, Geheimhaltung und Angstverbreitung war es dem Hitlerregime gelungen, in der deutschen Öffentlichkeit die Konzentrationslager als harte Arbeits-, Straf- und Internierungslager hinzustellen. Gewiß, wir hatten einige Indizien dafür, daß alles doch sehr viel schlimmer sein mußte. So hatten wir in einem katholischen Jugendkreis gelegentlich von Pater Otto Pies, einem befreundeten schlesischen Jesuiten, alarmierende Nachrichten erhalten. Er war seit mehreren Jahren in Dachau inhaftiert gewesen und hatte mit verschlüsselten Briefen das eine oder andere über das dortige Alltagsleben durchsickern lassen.

Doch ich will die Geschehnisse, wie ich sie in Erinnerung habe, zusammenhängender berichten. Ich war Ende Oktober 1944 zu einem 14tägigen »Heimaturlaub« nach Hause gekommen. Meine Familie hatte in Danzig-Langfuhr, im Jäschkentaler Weg 15, der jetzigen Ulica Jaskowa Dolina, gewohnt. Die Urlaubstage waren mit einer zitternden Atmosphäre angefüllt gewesen, durchdrungen von einer fast atemberaubenden Freude über das gesunde Wiedersehen und von der hintergründigen Unsicherheit über die unmittelbar bevorstehende Zukunft. »Wird dieses Miteinander das letzte zwischen uns sein?« Alles drängte damals, die Zeit bis zum Rand zu nützen.

Wir saßen an unserem Wohnzimmertisch, meine drei Schwestern (zwischen 14 und 24 Jahren), mein jüngerer Bruder (gerade 17), meine Mutter (47) und ich (22). Der Vater war auf Geschäftsreise, mein älterer Bruder zum Studium in Wien, als schwer Kriegsversehrter schon aus der Wehrmacht entlassen. Wir tauschten Erlebnisse und Erfahrungen der vergangenen Monate aus. Ich hatte eine halbjährige Einzelhaft durch die Geheime Staatspolizei (Gestapo) und einen Volksgerichtsprozeß in Lübeck 1943 hinter mir. Danach hatte ich mein Medizinstudium abbrechen müssen und war an die Ostfront »zur Bewährung« versetzt worden, hatte als Sanitätsdienstgrad in einer Infanteriekompanie die verbrannte und zerschossene Erde mit unzähligen Toten und Verwundeten zwischen Leningrad und Dünaburg erlebt und war selbst verwundet worden. Ich erzählte davon. Da kam meine älteste Schwester Rosmarie mit einer Botschaft heraus. Ein Freund hatte sie aus Leipzig mitgebracht, von einem Kaplan Gülden. Der Geistliche trat darin für Gerda Gottschalk ein. Wir hörten beide Namen zum ersten Mal: »Wir haben ein Lebenszeichen von ihr... fast drei Jahre war sie verschollen, als ›Halbjüdin‹ verhaftet und verschleppt. Sie schreibt unter folgender Deckadresse... arbeitet im Ernteeinsatz bei einem Bauern nahe von Stutthof... ist in einer bedrückenden Lage. Sie hat bei uns in Leipzig ihren Weg zur Kirche gefunden. Nun bittet sie um Hilfe.« So lautete dem Inhalt nach die Nachricht. Wir waren betroffen und konnten uns der Bitte nicht verschließen. Um welche Hilfe aber sollte es konkret gehen?

»Ich werde mit Dr. Wothe alles besprechen«, schlug ich vor, »vielleicht kennt er jemanden oder übernimmt sogar selbst die Sache.« Wothe war unser junger Gemeindepfarrer in der Herz-Jesu-Kirche Langfuhr. Wir hatten einen freundschaftlichen Kontakt. Daß dieser heikle Vorgang mit ihm offen besprochen werden konnte, kennzeichnet meine damalige Erfahrung von Kirche. Im Gegensatz zu dem unmenschlichen Hitler-Regime erlebten wir in ihr immer wieder Menschen, denen wir vertrauen konnten. Insofern wurde die Kirche für uns zu einem gesellschaftlichen Raum der Freiheit, nachdem die Parteien, Gewerkschaften und Verbände zerschlagen sowie die Schulen, Universitäten oder die Armee längst nationalsozialistisch gleichgeschaltet waren.

Ich schwang mich also auf mein Fahrrad. Wothe war sofort aufgeschlossen für den Plan, die Inhaftierte aufzusuchen. Aber wer sollte hinfahren? Wir sprachen die Lage durch. Es war damit zu rechnen, daß SS- oder Polizeistreifen die Umgebung von Stutthof besonders überwachten. Was würde es bedeuten, wenn ein katholischer Priester bei dem Unternehmen »enttarnt« würde? Schon dafür, daß er in der Nähe des Konzentrationslagers auftauchte, ließ sich kaum ein plausibler Grund vortragen. »Das dürfen wir vielleicht doch nicht riskieren«, sagte Wothe schließlich, »die Gestapo observiert mich hier ja bereits. Wenn sie mich einsteckt, ist die Gemeinde mit ihren fast 15000 Menschen ohne Pfarrer, und das in diesen Wirren: Dazu die Folgen für Frau Gottschalk?« Wir wogen ab. War es Angst oder verbot die Realitätseinschätzung ein derartiges Abenteuer? Ich fuhr noch zu einem anderen befreundeten Priester, der nicht so exponiert war. Aber auch hier kamen wir zu dem Schluß, daß der Besuch eines Priesters kaum vertretbar sei. Wir mußten eine unverdächtigere Kontakt- und Besuchsperson finden. Natürlich wurde auch ich dabei in die Überlegungen mit einbezogen. Ich war zwar politisch erheblich belastet. Aber dadurch, daß ich bei der Wehrmacht war, kümmerte die Gestapo vor Ort sich nicht um mich. Zudem hatte mir meine Haftzeit einige Erfahrungen mit dieser Geheimpolizei eingebracht. Ich glaubte, ihre Vertreter schon von weitem »riechen« und mich deshalb auf sie einstellen zu können. Ich war angstfrei im Umgang mit ihnen geworden. Sodann kannte ich die Gegend »vor Ort« durch die vielen Radtouren gut. Und schließlich konnte ich mir als Soldat von der Standortkommandantur einen Erlaubnisschein für die Fahrt nach Vogelsang ausstellen lassen. Wer wollte mir verwehren, das alte Landschulheim zu besuchen? Ich würde dann ungeniert in Wehrmachtsuniform fahren und den Achtungsvorsprung ausnutzen, den sie einbrachte. Der Besuch war damit bereits in seinen ersten Schritten entworfen, meine Entscheidung zu seiner Durchführung war gefallen.

Meine Familie trug die Entscheidung mit. Noch stuften wir gemeinsam das Vorhaben als kalkulierbares Risiko ein. Ich besorgte mir also den besagten Urlaubsschein und machte mich am nächsten Tag — wieder per Fahrrad — auf den Weg. Die Entfernung betrug etwa 50 Kilometer. An zwei Stellen mußte ich Weichselarme überqueren. Besonders der Übergang bei Nickelswalde schien mir gefährlich. Er lag bereits reichlich nahe bei Stutthof. Man mußte, wie auch heute noch, mit einer Fähre über den Fluß. All das bot sich natürlich als polizeiliche Kontrollstelle zur Absicherung des Konzentrationslagers an. Aber nichts passierte. Ich kam unbehelligt in Steegen an. Wie aber würde es nun weitergehen? Wo würde ich Gerda Gottschalk finden? Ich fragte mich vorsichtig zur angegebenen Deckadresse durch – und stieß auf eine alte, gebeugte Frau. Als sie mich in Uniform vor sich sah, schreckte sie hoch. Offenbar steckte eine nachhaltige Angst in ihr, mit ihrem Kassiberdienst aufgeflogen zu sein. Nur langsam gelang es mir, ihr Vertrauen zu gewinnen. Dann zeigte sie mir den Weg zu dem Bauernhof, auf dem die Gesuchte arbeitete. Ich merkte, wie der eine oder andere Blick hinter Fenstergardinen mir folgte.

Immerhin, die erste Hürde war genommen. Wie aber würde es jetzt bei der zweiten gehen? Würden die Bauersleute meinen Besuch akzeptieren? Ich konnte nicht annehmen, daß sie überhaupt etwas von dem heimlich vermittelten Brief wußten. Die wichtigste Frage aber lautete: Waren sie Regime-Anhänger, vielleicht sogar überzeugte Nazis, oder waren sie es nicht? Im ersten Fall würde ich an die Schwelle einer erheblichen Gefahrenzone geraten. Sie brauchten nur Meldung zu machen. Ich mußte mich also vor allem bemühen, den Sachverhalt möglichst schnell zu klären. Für derartige Tast- oder Abschreckversuche hatte ich in den vergangenen Jahren ein paar kleine Kniffe entwickelt. In einer Zeit, in der das ganze öffentliche Leben mit Spitzeln und Denunzianten durchsetzt war, mußte man bei mancherlei Gelegenheit herausbekommen, »wes' Geistes Kind« derjenige war, den man noch nicht kannte. Selbstredend blieben derartige Versuche mit zahlreichen Unsicherheiten befrachtet. Aber immerhin boten sie erste Ansatzpunkte.

Einen dieser »Tests« wollte ich anwenden, als ich an die Tür des Bauernhauses klopfte. Zu den anderen Vorsichtsmaßnahmen gehörte, daß ich meine eigene Identität auf keinen Fall preiszugeben beschloß. Sollte ich es mit Nazis zu tun haben, wollte ich in Kürze wieder verschwinden, ohne daß sie meinen Namen erfahren hatten. »Heil Hitler«, sagte ich also laut und eindringlich, als das Tor aufging und eine kleine, etwas rundliche Frau darin erschien. »Heil Hitler«, kam die Antwort. Aber an der Art, wie sie gegeben wurde – mit halber, keineswegs begeisterter Stimme, sondern eher abweisend –, gab mir die Frau ungewollt das erste Gesinnungszeichen. Ich spürte, ich konnte mich weiter vortasten. »Darf ich Sie einen Augenblick sprechen? Ich bin hier auf einer Radfahrt und suche Bekannte.« Sie lud mich in die »gute Stube« des Hauses, einen nicht sehr großen, niedrigen Raum mit viel Plüschsofa und Kissen. Eine kleine stoffbespannte Hängelampe leuchtete nur dürftig den Raum aus. Wir setzten uns. Anders als die alte Frau vorher hatte die Bäuerin offenbar eine genauere Kenntnis über die Feldgrau-Uniformen. Denn sie ließ direkt einfließen, daß ich ja wohl nicht von den SS-Wachmannschaften des Lagers, sondern von der Wehrmacht wäre. Ich merkte, wie sie mich nun ihrerseits testen wollte. Nach kurzer Zeit gelang es uns, gegenseitig die Visiere zu öffnen. Die Unterhaltung wurde vertrauensvoller. Da wagte ich offen meine Anfrage zur Sache: »Ich suche Gerda Gottschalk. Wir haben ein Lebenszeichen von ihr erhalten. Stimmt es, daß sie bei Ihnen arbeitet?« Noch einmal musterte mich die Bäuerin. Dann sagte sie: »Ja, sie ist mit zwei anderen Mädchen im Ernteeinsatz bei uns.«

Ich begann das, was ich von Gerda wußte, zu erzählen: »Sie ist Tochter eines jüdischen Rechtsanwaltes in Leipzig. Sie ist keine Kriminelle, genausowenig wie meine Schwestern oder andere ›normale Mädchen‹ in ihrem Alter. Nur weil sie Halbjüdin ist, wurde sie vor fast drei Jahren verschleppt und nun hierher ins KZ gebracht.« Ich spürte, wie die Worte der Frau nahegingen. Ihre Augen füllten sich mit Tränen, als sie sagte: »Ich hatte es mir doch immer gedacht, daß diese jungen Menschen nichts getan haben.« Das Eis zwischen uns war gebrochen. »Warten Sie ein bißchen, ich werde Gerda rufen. Ich muß es unauffällig machen. Am besten erfährt auch mein Mann nichts von Ihrem Besuch.« Sie ging hinaus und kehrte kurz danach zurück. »Erschrecken Sie nicht, wenn sie gleich kommt. Die Frauen haben viel durchgemacht.«

Der Hinweis war mir hilfreich. Ich werde das Bild wohl nie mehr vergessen, das sich mir beim ersten Anblick der Gefangenen bot. Eine kleine junge Frau trat ein. Wie alle KZ-Insassen trug sie kurzgeschorene Haare und ein gestreiftes Sträflingskleid. Aus meiner eigenen Gefängniszeit in einer ähnlichen Aufmachung wußte ich, wie tief das eigene Selbstwertgefühl mit einem derartigen Äußeren auf die Probe gestellt werden kann. Dazu kamen im Gesicht der Gefangenen noch seltsame Verfärbungen. Waren es Kältebeulen, Spuren von Hunger oder Schlägen? Die Gestalt zog sich scheu ins Halbdunkel der Bauernstube zurück. Was sollte ich nur tun oder sagen, um eine erste Vertrauensbrücke herzustellen? Für mein Gegenüber war es noch keineswegs auszuschließen, daß ich nicht doch irgendein V-Mann (diesen Ausdruck gab es freilich damals nicht) der Gestapo oder der Lagerleitung war. Da kam mir der Gruß in den Sinn, der in katholischen Pfarrhäusern oder Ämtern Ostdeutschlands oft gebraucht wurde, eine Art Erkennungszeichen für Insider. »Gelobt sei Jesus Christus«, sagte ich behutsam und fügte hinzu, »ich komme von Kaplan Gülden.« Da entspannte sich das Gesicht. »Ich dachte schon, der Brief wäre gar nicht angekommen.« Unser Gespräch konnte beginnen.

Es gestaltete sich verständlicherweise nicht sprudelnd oder gar fröhlich. Die halbdunkle Stube wurde mehr und mehr von der notvollen Lebensgeschichte erfüllt, die die Frau mir gegenüber mit wenigen Worten zu berichten begann: »Wir haben Angst, daß wir wieder ins Lager müssen«, schloß sie. Ich erzählte ihr von unseren Beratungen in der Familie und mit dem Pfarrer, und daß wir mit ihr erst mal einen Kontakt herstellen wollten. »Wenn Sie es wünschen, kann ich Ihnen die Kommunion bringen.« »Ja, bitte«, kam die Antwort. Und es klang viel Zuversicht in ihrer Stimme, als sie hinzufügte: »Sie werden also noch einmal kommen?« Ich versprach es: »Ja, morgen, vielleicht etwas später, im Dunkeln, damit mich die Leute im Dorf nicht wieder sehen. Dann werden wir auch weiter überlegen.« Die Bäuerin war dem Gespräch gefolgt. »Das läßt sich hier im Haus machen«, sagte sie, »es fällt nicht auf, wir haben oben eine Kammer, aus ihr kann ich die anderen fernhalten. Dort können Sie ungestört eine kleine Andacht halten.« Die Verbundenheit zwischen uns dreien festigte sich.

Ich machte mich mit den ersten Informationsergebnissen auf den Heimweg. Er verlief wie die Anfahrt ohne weitere Zwischenfälle. Ich meinte, keinen Beobachtern oder Kontrollposten aufgefallen zu sein. Auch der Ausflug am nächsten Tag gelang. Er wurde für mich zu einem großen inneren Erlebnis. Der Gemeindepfarrer gab mir das eucharistische Brot in einer kleinen goldenen Büchse, die ich gut in einer Uniformtasche verstecken konnte. Die Fahrt nach Steegen war für mich erfüllt von Licht. Eine große innere Zuversicht wuchs mir zu. In dieser Verfassung klopfte ich wieder an die Tür des Bauernhauses.

Wie versprochen hatte die Bäuerin vorgesorgt. Im Schein einer kleinen Kerze feierten die Gefangene und ich unter dem Dachboden das Abendmahl. Ob auch ihr dadurch Trost und Kraft zuwuchsen wie mir?

Wir hörten Schritte auf der Dachbodentreppe, dazu ein paar flüsternde Stimmen. »Keine Sorge«, sagte Gerda Gottschalk, »es sind die beiden anderen, Ida und Ellen. Frau Gerbrandt ist einverstanden, daß sie heraufkommen. Wir wollen zusammen etwas mit Ihnen besprechen.« Die beiden traten in den Lichtkegel unter den dunklen Dachsparren, Ellen noch etwas kleiner als Gerda, Ida im Vergleich dazu hochgewachsen, trotz Sträflingskleidung eine auffallende jüdische Schönheit. Wir begrüßten uns kurz und kamen schnell zur Sache: »Wir haben seit langem beschlossen zu fliehen«, trug Gerda nun ihre gemeinsame Erwartung vor, »können Sie uns helfen?« Die drei sprachen leise in erregtem Durcheinander von ihrer schon erwähnten Befürchtung, nach der Rückkehr ins Lager am 15. November oder vor dem Einmarsch der Russen umgebracht zu werden. Ich gewann den Eindruck, daß sie zu ihrem Schritt auf jeden Fall entschlossen waren, auch ohne meine Hilfe. Sie erhofften wohl Unterstützung. Aber sie erbaten sie, ohne mich zu drängen. Gerda fügte hinzu:»Wenn die beiden nicht mitfliehen können, werde ich allein auch nicht gehen.«

Mein Urlaub dauerte noch eine Woche, dann mußte ich zur Truppe zurück. Was ließ sich in dieser Zeit noch bewirken? Ihnen etwas in Aussicht zu stellen, was nicht zu realisieren war, schien mir in dieser Situation mehr als unfair. Ebenso konnte ich natürlich nicht über den Kopf meiner Familie hinweg entscheiden, denn nach meinem Urlaub mußte sie die weiteren Hilfen leisten. Aber andererseits ging es hier vielleicht tatsächlich um das Leben dieser drei jungen Menschen. Das würde meine Eltern und Geschwister nicht unberührt lassen, dessen war ich mir ganz sicher. Irgend etwas würden wir vielleicht doch tun können.

In diesem Sinn gab ich den Dreien meine Antwort. »Was werden Sie für Ihre Flucht brauchen, Geld, etwas Proviant, Kleider statt KZ-Sachen?« Sie bejahten. »Damit werden wir Ihnen helfen können. Aber Sie brauchen doch auch Papiere. Ohne diese hängen Sie bei der nächsten Polizeistreife fest. Und wo wollen Sie hin? In jedem Fall gilt es, hier aus der Nähe des Lagers oder der näheren Region wegzukommen, möglichst in irgendeine Großstadt. Und was wollen Sie dann tun? Haben Sie jemanden, bei dem Sie untertauchen können?« Schon die ersten Überlegungen über die konkrete Durchführung des Fluchtplans ließen die Hindernisse hervortreten. Von großer Bedeutung war bei alledem das Wegkommen von Steegen. Ohne die Bäuerin war dies nur schwer mit einiger Aussicht auf Erfolg durchzuführen. Allein schon, daß eine Flucht hinter ihrem Rücken einen Vertrauensbruch ihr gegenüber darstellen mußte! Sie würde von der Lagerleitung doch dafür behaftet werden. Zudem setzte die Wachmannschaft Spürhunde auf Flüchtende an. Die drei mußten außerhalb von deren Reichweite sein, wenn die Suche nach ihnen begann. »Frau Gerbrandt hat uns selbst geraten zu fliehen«, sagte Gerda, »zum mindesten können wir sie einweihen. Sie wird uns bestimmt nicht verpfeifen.« Wir gingen zu ihr. Das Vertrauen war gerechtfertigt. Pragmatisch und klug ging die Bäuerin mit uns den Fluchtplan durch. Man merkte der etwa 45jährigen ihre Erfahrung in der Hausführung des Bauernhofes an: »Wenn ihr etwa am Freitag nach der Arbeit auf euer Zimmer geht, euch umzieht und dann den letzten Zug der Kleinbahn nehmt, kommt ihr gut nach Danzig. Wenn ihr am nächsten Tag nicht zur Arbeit erscheint, werde ich euch suchen lassen und etwa um 11 Uhr das Lager verständigen. Bis dahin habt ihr einen guten Vorsprung.« Sie versprach darüber hinaus noch, die Frauen mit Lebensmitteln zu versorgen.

Nach meiner Einschätzung hatte damit die Flucht eine reale Chance. Es war nicht leichtfertig, auf sie zu setzen. Wir mußten nur alles tun, damit der Plan nicht mißlang. Denn wenn die drei doch aufgegriffen und ins Lager zurückgebracht würden, drohten für sie »die letzten Dinge schlimmer als die ersten« zu werden. Ich sagte meine Hilfe zu: »In drei Tagen komme ich wieder.« Wir verabschiedeten uns, und ich fuhr nach Danzig zurück.

Das Fahrrad knackte bei jedem Zutreten in der stockdunklen Nacht. Ein steifer Gegenwind war aufgekommen. 50 Kilometer Straßen, zum Teil mit Kopfsteinpflaster, und Landwege lagen vor mir. Der Dynamo der Lampe surrte am Vorderrad und machte das Strampeln noch mühsamer. Aber die Lampe warf wenigstens einen kleinen Lichtstrahl auf den Weg. Am Fährplatz in Nikkelswalde geriet ich diesmal in eine Kontrolle. Ein Glück, daß ich meinen Urlaubsschein vorweisen konnte. Man nahm mir auch die Erklärung über meinen Ausflug zum Landschulheim ab und ließ mich ziehen. Aber ich hatte meine Warnung: Noch einmal durfte ich bei der nächsten Tour hier nicht auftauchen. Ich beschloß, für sie eine andere Weichsel-Überfahrt zu nehmen. Diese lag weiter südlich bei Käsemark; dort war mir die Gegend noch besser als hier bekannt. Die Straßenkontrolle machte erneut dringlich, den dreien irgendwelche Papiere zu beschaffen. In den Flüchtlingswirren, die schon überall herrschten, konnte vielleicht irgendeine offizielle Bescheinigung ihre Wirkung tun. Es mußte doch nicht unbedingt ein Paß sein. Mein Urlaubsschein hatte auch die Gemüter zufriedengestellt. Während ich am anderen Flußufer wieder lostrampelte, kam mir eine Idee. Meine Schwester Bärbel mußte mir helfen, sie in die Tat umzusetzen. Nach gut zwei Stunden traf ich im Jäschkentaler Weg ein. Es war gegen Mitternacht.

Meine Familie war, soweit zu Hause, noch wach. »Wie ist alles gegangen?« Ich berichtete − und kam an die entscheidende Stelle: »Ich habe ihnen unsere Fluchthilfe zugesagt. Was sagt ihr dazu?« Die Frage war an alle, vor allem aber an meine Mutter gerichtet. Wir Kinder hatten erfahren, zu welchem Einsatz sie fähig war. Als mein Vater 1933 unter den Nazis arbeitslos wurde, hatte sie als Wasch- und Aufräumefrau fünf Jahre hindurch die achtköpfige Familie über Wasser gehalten. Jetzt war sie Mitte Vierzig, saß mir mit ihrer kleinen, eher schmalen Gestalt gegenüber und hatte uns einen Nachtimbiß auf den Tisch gesetzt. Bis heute weiß ich nicht, was ich an ihr mehr schätzen sollte, ihren Freiheitssinn oder ihre Frömmigkeit, ihr warmes Herz oder ihren wachen Verstand. Bis in ihre hohen Jahre blieb sie lese-neugierig, liebte Kinder und freute sich an interessanten Gesprächen. Sie lebte aus einer tiefen Verbundenheit mit ihrer Familie, ihrem Land und ihrer Kirche, überraschte uns jedoch auch immer wieder durch ihre innere Unabhängigkeit.

Sie war meinem Bericht mit großer Aufmerksamkeit gefolgt. Ich spürte, wie sehr sie das Schicksal der jungen Frauen ergriffen hatte. Dann sagte sie: »Die drei haben recht, es geht um ihr Leben. Ich habe vor wenigen Jahren erlebt, wie die Nazis unseren jüdischen Arzt, Professor van de Reis, deportiert und mißhandelt haben. Nach Kriegsbeginn sind sie immer brutaler geworden. Wir müssen voraussetzen, daß das Leben von Juden ihnen nichts gilt. Dann aber kann es für uns eigentlich keine Frage geben, was wir tun sollen.« Sie hielt einen Augenblick inne und sagte mit verhaltener Stimme: »Wir haben oft miteinander das Gebet des heiligen Franz gesprochen: »Herr, mach mich zu einem Werkzeug deines Friedens, damit ich Liebe übe, wo der Haß regiert.« Ihr wart noch klein, als ich euch die Worte vorsagte. Sollen sie nun, wo es drauf ankommt, eine leere Rede bleiben?« Ihr kamen die Tränen, aber die Stube füllte sich mit der ganzen Kraft ihrer Lebenswärme. Wir brauchten nichts mehr zu diskutieren. Die maßgebliche Entscheidung war gefallen.

Dann war es erneut meine Mutter, die der geplanten Aktion eine wichtige Wendung gab: »Etwas Geld, die Papiere und die Utensilien für die nächtliche Flucht weg von Steegen sind wichtig. Aber all das nützt den Frauen nichts, wenn wir keinen Unterschlupf für sie finden. Wir wissen nicht, wie lange der Krieg noch dauert und wann der braune Spuk zu Ende ist. Wo sollen sie bis dahin herumirren? Sie werden doch in kurzer Zeit irgendwo auf einem Bahnhof oder in einem Lokal geschnappt. In die Wälder können sie nicht. Wovon wollten sie dort auch leben? Der Winter steht vor der Tür.« Ohne lange zu diskutieren, entschied sie: »Wir werden Frau Gottschalk bei uns aufnehmen. So, wie ich Vater kenne, ist er damit einverstanden. Für die beiden anderen suche ich gleich morgen etwas Ähnliches.«

Nach dieser deutlichen Entscheidung konnten wir planen. Was die Anfrage bei anderen anging, befanden wir uns in einer Zwickmühle. Wir mußten einerseits den Kreis der Mitwisser auf das äußerste beschränken. Andererseits galt es, mehrere Leute an der Hand zu haben. Mit Absagen war zu rechnen, wir brauchten also Reserven und benötigten zwei Stellen. In unserem Freundes- und Bekanntenkreis konnten wir kaum bessere Unterschlupfbedingungen veranschlagen als bei uns. Und meine Mutter traute sich aus verschiedenen Gründen nicht zu, mehr als eine Person aufzunehmen. Der beengte Raum würde der Versteckten, wenn es über Wochen und Monate ging, ohnehin zu einer Art Gefangenenzelle werden. Die Rationierung der Lebensmittel erlaubte gerade noch, mit einem weiteren Erwachsenen zu teilen – für zwei oder gar drei hätte es im Kriegsalltag nicht mehr gereicht. Der schwierigste Punkt aber war die Gefahr, von draußen bemerkt zu werden. Das Haus gegenüber wurde von einem überzeugten Nazi bewohnt. Er war »PO«, (»Pe-Null« buchstabierten wir diese Abkürzung für einen »politischen Ortsgruppenleiter«), seine Söhne waren stramme Hitlerjungen. Sie konnten, wenn wir die Gardinen zurückzogen, in die meisten unserer Zimmer sehen. Wir würden es Gerda dringend nahelegen müssen, keine Zeichen ihrer Anwesenheit aus ihrem Wohnraum nach draußen zu geben und zum Luftschnappen nur nachts vor die Tür zu gehen. Neugierige Nachbarn registrieren bekanntlich schnell Ungewohntes bei ihren Anwohnern. Eine Person würde vielleicht über Wochen eine solche Vorsicht durchhalten können, aber drei, und das bei den beengten Bewegungsverhältnissen? Jeder ernstere Verdacht unserer Nachbarsleute mußte das ganze Unternehmen im Kern gefährden. So lautete unsere Lagebeurteilung.

Meine Mutter machte sich am nächsten Morgen gleich auf den Weg. Erste Anlaufstelle sollten nächste Verwandte von ihr sein, die ganz in unserer Nähe wohnten. Die zweite Adresse waren enge Freunde, ebenfalls nicht weit von uns entfernt. Nach geraumer Zeit kam sie mit zwei Einkaufstaschen zurück, voll mit Kleidern und einigen Lebensmitteln. Aber sie war bedrückt und einsilbig. Für die Untertauch-Aktion hatte sie an beiden Stellen eine Absage erhalten. Ja, eine ihrer Schwestern muß ihr sogar dringend nahegelegt haben, den Plan überhaupt aufzugeben: »Sie haben vor ein paar Tagen auf Schießstangen Leute kurzerhand aufgehängt. Sie bezeichnen so etwas als Feindbegünstigung oder als Zersetzung der Widerstandskraft des deutschen Volkes. Du bringst deine ganze Familie in Teufels Küche, wenn die Sache auffliegt. Gerade ist Hubert aus dem Prozeß vor dem Volksgericht mit blauem Auge davongekommen, und schon macht ihr wieder derartige Sachen.« So etwa habe sich die Schwester geäußert, berichtete sie. Die Freundin hätte ihr die Kleider gegeben, sich aber auch nicht für eine Unterbringung entscheiden können: »Verstehen Sie bitte, aber wir haben Angst, einfach Angst. Mein Mann ist wegen seiner parteifeindlichen Äußerungen bei den Bonzen sowieso seit langem unten durch. [Er war ein angesehener Hochschulprofessor in Danzig gewesen und schon vor Jahren zwangspensioniert worden]. Wir dürfen uns nichts Gefährliches leisten, wenn wir überleben wollen.«

Im Zimmer breitete sich eine lastende Atmosphäre aus. Die Ängste der anderen drohten auf uns überzugehen. Beruhten unsere Sicht und Entscheidung nicht doch auf einem unverantwortlichen Leichtsinn? Mich drängte diese Frage auf eigene Weise: In den Vorgängen beim »Lübecker Christenprozeß« hatte ich für meine Aktivitäten nur mit meiner eigenen Person eintreten müssen. Jetzt aber wurden meine Eltern und Geschwister mit hineingezogen. »Mitgefangen — mitgehangen.« Wie, wenn diese Rede doch einmal Wirklichkeit würde? Schließlich war es gerade ein Jahr her, daß die vier Lübecker Geistlichen im Abstand von zwei Minuten auf dem Schafott in Hamburg umgebracht worden waren. Es schauerte mich. Ich wagte nicht weiterzudenken. Aber dann gingen wir noch einmal das ganze Vorhaben gemeinsam durch. Zugegeben, es war riskant. Aber es war doch auch nicht aussichtslos. »Wir müssen wissen, was wir wirklich wollen«, sagte meine Mutter schließlich, »und wir müssen wissen, worum es hier geht. Verworrene Angst ist kein guter Berater. Können wir uns noch in die Augen sehen, wenn wir hier nicht das tun, was uns möglich ist? Die drei sind in Lebensgefahr.« Damit schob sie ihre eigenen Ängste und auch die unsrigen beiseite. Von nun an wurde unsere Grundentscheidung nicht mehr diskutiert. Ein ruhiges Vertrauen breitete sich wieder aus, auch wenn wir Einzelmaßnahmen erneut überdachten.

Zu letzterem gehörte, daß wir es nicht mehr für ratsam hielten, nach weiteren Untertauch-Stellen zu suchen. Jeder, den wir ansprachen, wurde notwendigerweise zum Mitwisser, auch wenn er absagte. Zudem war unser Personenkreis der »ganz Zuverlässigen«, die zugleich eine Unterschlupfmöglichkeit besaßen, nicht sehr groß. Entfernter wohnende Freunde konnten wir nicht mehr angehen, dazu war die Zeit zu knapp. Wenn es wenigstens gelang, alle drei mit irgendwelchen Ausweisen zu versehen, würden die beiden anderen vielleicht doch aus der Danziger Region ausreisen und sich in den weiteren Umkreis oder nach Berlin retten können. Ich konzentrierte mich also auf diese Aktion. Wie erwähnt, hatte ich bereits eine Idee.

Ihre Durchführung brachte mir diesmal nicht nur äußere, sondern auch innere Schwierigkeiten. Denn es ging natürlich um die Beschaffung »falscher Papiere«. In einer derartigen Sache aber waren wir alle in der Familie ganz »ungeübt«. Wir waren weder Revolutionäre noch politisch entschiedene Widerstandskämpfer gewesen. Unsere Kirche hatte uns dazu angehalten, Politik und

Religion streng zu trennen. Die Verantwortung für staatspolitische Zielsetzungen und ihre Durchführung war unter Katholiken kein Thema – ein Defizit, das sich insgesamt für die Auseinandersetzung der Katholiken mit dem Nationalsozialismus als höchst fragwürdig ausgewirkt hat. Ein Zugang zu irgendwelchen organisierten Gruppen des Untergrundes fehlte uns. Weder besaßen wir einen Vertrauten auf einer Paßstelle oder in einem Ordnungsamt, noch hatten wir uns mit moralischen Fragen des Widerstandsrechts auseinandergesetzt; wir waren also über das sittlich Verantwortbare des Vorhabens ganz im unklaren. In der katholischen Moraltheologie wurde erst nach 1945 in der Auseinandersetzung um die Männer des 20. Juli 1944 und ihren Anschlag auf Hitler der »Tyrannenmord« öffentlich diskutiert. Man mußte dabei, um ihn zu rechtfertigen, auf Traditionen aus dem Mittelalter zurückgreifen. Bei uns ging es zwar nicht um einen Anschlag auf einen, wenn auch verbrecherischen Machthaber mit seiner Regierung, aber immerhin stand eine Art Urkundenfälschung an, und sie bildet nach unserem Moralbewußtsein einen erheblichen Verstoß gegen die gültige Rechtsordnung. Ganz abgesehen davon, daß damit auch ein manifester Straftatbestand gegeben war, ist kein menschliches Zusammenleben ohne eine derartige Ordnung möglich. In der Schule hatte ich Sokrates bewundert, der die Achtung der »Nomoi«, der geschriebenen und mehr noch der ungeschriebenen Gesetze des staatlichen Gemeinwesens, selbst über sein Leben stellte. Waren wir wirklich berechtigt, die Rechtsordnung in einem derartigen Maß zu überschreiten, nur weil das Regime sie rabiat mißbrauchte? Mit dem Vorhaben traten wir in einen erheblichen Konfliktbereicht ein. Ich fürchtete, die anderen damit zu sehr zu verwirren und zu belasten. Daher beschloß ich, in dieser Sache weitgehend allein zu handeln und auch mit meiner Familie nur das Notwendigste zu erörtern.

Bei dem ersten Schritt mußte mir freilich meine Schwester Bärbel helfen. Sie war seit einigen Monaten aus ihrer Abiturklasse heraus auf die Halbinsel Hela dienstverpflichtet worden. Hier arbeitete sie als »Mädelführerin« in der Betreuung von Kindern, die aus Großstädten wegen drohender Bombardierung evakuiert worden waren. Dorthin hatte man auch die deutsche Schule aus Riga umgesiedelt. Zu dem Arbeitszimmer des Direktors hatte meine Schwester Zugang. Das wußte ich. »Der Mann hat bestimmt den Schulstempel mitgebracht«, wandte ich mich an Bärbel, die gerade vor der Rückfahrt nach Hela stand. »Meinst du, daß du mir auf drei weißen Bögen halbrechts unten je einen Stempel aufdrücken und die Blätter bis spätestens übermorgen herbringen kannst? Am besten fragst du mich nicht, was ich damit will.« Sie zögerte, aber sie kam mir am nächsten Tag glücklich entgegen und schwenkte die drei weißen Blätter, in deren Ecken jeweils das Dienstsiegel ›Der Direktor der deutschen Schule in Riga‹ prangte. Nun war es an mir, die falschen Papiere fertigzumachen.

Ich gestehe, meine Hemmungen davor waren sehr groß. Ich ging zu einem erfahrenen Theologen aus dem Dominikanerorden, der damals in unserer Pfarrei tätig war. »Darf ich geltendes Recht brechen, um Menschenleben zu retten?« Wir haben sehr eindringlich nach der rechten Entscheidung gesucht. Am Ende sagte mir der Geistliche: »Wägen Sie selbst ab und entscheiden Sie in Ihrem Gewissen, ich kann Ihnen diese Entscheidung nicht abnehmen. Aber Sie dürfen sich mit Fug und Recht danach fragen, was das Gebot der Liebe eingibt. In ihm ist alle Ethik des Neuen Testaments versammelt.« Ich versuchte mir zu vergegenwärtigen, was ich täte, wenn eine von den drei Häftlingen meine eigene Schwester wäre. In diesem Augenblick war meine Entscheidung gefallen.

Die Schilderung kann hier abgebrochen werden. Gerda Gottschalk hat das Wichtigste aus den weiteren Vorgängen berichtet. Ich sinne abschließend noch einmal über ihre Geschichte nach. Ich suche das, was mich daraus am meisten trifft. Vielleicht ist es dieses: *Der letzte Weg* klagt mit dem Leben derjenigen, die ihn berichtet, unüberhörbar die Würde des Menschen ein, jedes einzelnen Menschen. Der endlos erscheinende Holocoust war nicht das Geschick anonymer Millionen. Sie zu vergessen hieße, sie neu verraten. Jeder und jede von ihnen trugen ein menschliches Antlitz, jeder und jede einen unverwechselbaren Namen.

Stephan H. Pfürtner

Inhalt

Marion Einwächter

Du bist mir nah

Deutschland, kurz vor Ende des Zweiten Weltkrieges:
Eine jungen Frau flieht mit ihren drei Kindern vor der russischen Armee aus Pommern in den Westen. Über Niedersachsen führt ihr Weg an den Bodensee.
Marion Einwächter schildert in ihrer autobiographischen Erzählung ein eindrucksvolles Bild der ersten Nachkriegsjahre. Da ihr Mann in Afrika gefallen ist, muß sie für sich und ihre Kinder eine neue Existenz aufbauen.

4., erw. Auflage
276 Seiten, geb., DM 29,80
ISBN 3-87 800-008-1

SÜDVERLAG · KONSTANZ
Postfach 10 20 51 · 7750 Konstanz

Hans von Savigny

Viele solcher Nächte…

Der Fliegeralarm, die Angst der Zivilbevölkerung vor einem
Bombenangriff und das Warten auf Entwarnung sind Fixpunk-
te der unter dem Titel »Viele solcher Nächte« zusammenge-
faßten Erzählungen aus dem Nachlaß Hans von Savignys
(1900-1967).

88 Seiten, geb., DM 22,-
ISBN 3-87800-009-X

SÜDVERLAG · KONSTANZ
Postfach 102051 · 7750 Konstanz